„Eigentlich gibt es nur einen Weg, wenn ganz aussteigen nicht funktioniert. Nur wenn ich aufhöre zu atmen, höre ich auf, den ganzen Mist voran zu treiben, mit jedem Atemzug mitschuldig zu sein."

Was tun, wenn die gesellschaftlichen Bedingungen sich offensichtlich falsch und lebensfeindlich entwickeln und ein Weiterso nicht mehr funktioniert? Wenn jeder Tag und jede Handlung den Zustand der Welt noch verschlechtert, eine Alternative dazu jedoch nicht durchsetzbar ist?
Fünf Jugendliche stellen sich diese Fragen und begeben sich mit einer radikalen Antwort im Gepäck auf eine turbulente Reise, die sie direkt ins Leben wirft und zugleich tödlich endet.

Jost Friedebold, geboren 1972 in Celle. Studium der Pädagogik, Soziologie und Philosophie in Hildesheim und Oldenburg. Arbeitet als Pädagogischer Leiter von mehreren Jugendprojekten.

Jost Friedebold

Flüchtiges Ende
Roman

***

tredition

© 2020 Jost Friedebold
1. Auflage

Foto: Carsten Pietsch

Verlag: tredition GmbH
          Halenreie 40-44 / 22359 Hamburg
ISBN: 978-3-347-02322-2

Für Stella und Marek

In dieser Geschichte entspricht nichts der Wahrheit. Sie basiert nicht auf wahren Begebenheiten und sie beansprucht auch nicht, etwas mit Wahrheit zu tun zu haben.
Die Wahrheit bedeutet gar nichts.

„Je weiter wir unsere natürliche, unsere hergebrachte Wirklichkeit hinter uns lassen, desto bedrohlicher muss uns die Vorstellung werden, es gebe den einen Gott. Kaum auszudenken, dass ein Wesen absoluter Macht und Bestimmung verantwortlich wäre für die Geschehnisse und Handlungsweisen der Menschen und deren ganzem pervertierten Getue. Wie sollte man denn jemandem auch nur im Geiste begegnen, der, ungeachtet welchen Namen er trägt, das Vertrauen der Gläubigen zu diesem Angesicht der Erde missbraucht hat? Der Wesen erzeugt, die ihre Seele verkaufen. Der schändet, weidet und schlägt, wie ein alkoholwütiger Asozialer seinen Hund."

Wenn Tom es sagte, klang es immer irgendwie extrem. Tom war der Radikalste von ihnen. Fleischlos und gewaltlos, extrem öko und fundamental kritisch.

Das Fundament dürfe man nicht anbohren, erklärte ihm der Werte und Normen - Lehrer, Herr Käsmann, als Tom die Elfte schmeißen wollte. Er solle den Erdboden ruhig bis in den letzten Winkel neu denken, meinte er, aber das Fundament anzubohren, die Conditio Humana, würde Unheil bringen.

Alle anderen bohrten doch auch, behauptete Tom, und meinte die ganzen menschlichen Unwesen, die trotz oder wegen ihres Abiturs aus Selbstgeilheit das Gefüge der Welt zum Wanken brachten.

Wobei extrem war Anni auch. Eher extrem nach innen. Wenn sie ansetzte, dann musste sie mindestens ins Krankenhaus und genäht werden. Anni scheiterte weniger daran, was die Menschen taten, als viel mehr daran, dass sie nicht wusste, wie sie diesen Fratzen und lächerlichen Votzen begegnen sollte. Diesen fremdgesteuerten Zombieweibern, die jeden Moment zu Hartplastik erstarren konnten, in ihrer maßlosen Künstlichkeit. Und die in ihrem affektierten Gewichse gar nicht merkten, wie sie den Globus aushöhlten. Wenn töten eine Option wäre, im Kreis der dumm gestelzten und fremdgesteuerten Smartschnepfen, würde sie anfangen. Aber Töten war keine Option, selbst für Tom nicht. Gewaltlos und ausdruckslos konnte er diesen Mainstreamnutten problemlos die kalte Schulter zeigen. Etwas, dass Anni nie gelingen würde. Nicht, dass ihre Worte dieses ganze Geschwafel sie etwas angingen, wie Durchfall tropften die Buchstaben aus ihren Mündern, nein, der Inhalt war scheißegal, aber dass es sie gab! Dass sie zu Hunderten und Millionen überall standen, wie die Atome in einem riesigen Scheißhaufen namens Erde, das konnte sie fertig machen, das machte sie fertig. Jeden Tag. Fastfoodgehirne, die innere Stärke in Flugkilometer und Klamottenpreisen bemaßen. Meist halfen nur Drogen, und selbst die oft nicht mehr. Drogenlos war Tom auch, zumindest wenn man Gras und Alkohol nicht mitzählte. Anni wollte das auch schaffen. Funktionierte ja doch nicht. Kaum ließ die Wirkung nach, war alles beim Alten und wieder da. Sowie kurz umgeschaltet. Aber das Elend lässt sich nicht wegzappen und wenn es also da ist, so gibt es zwei

Möglichkeiten: dauerhafte Drogen und den Irgendwie-Ertragen-Modus einschalten oder Kopf ganz ausschalten. Ein oder aus.

Tom war auch der Erste, der sich den Schädel rasierte (haarlos). Seine Ferien hatte er im Hambacher Forst verbracht, in einem der Baumhäuser der Anti-Kohle-Bewegung. Und als er nach Wochen wiederkam, hatte er keine Lust mehr, sich die lila Farbe in die Haare zu klatschen, und ließ sie sich kurzerhand von Merten abrasieren. Im Alibaba waren alle ziemlich geschockt, als sie das schmale Gesicht mit der Vollglatze sahen. Im Ali traf sich das ganze Gesocks, die Punks und die Ökos von Greenpeace, die Freaks aus der Genderszene und die Psychos, die Vegetarier und die Veganer, Piet und Renne mit ihrer Kiffer-Drogen-scheißegal-heute-hau-ich-mir-alles-rein-Gang, die Schwulen und Lesben, die Araber, denen das Macho-Getue ihrer Landsleute zum Hals raus hing und die Bulgaren-Clique. Irgendwie kannte hier jeder jeden, und irgendwie hatte jeder grüne, blaue, rote, orangene, lange, verwuschelte, verklebte, ungewaschene Haare, nur Tom plötzlich nicht mehr. Sein Kopf sah aus wie die Erde nach der Menschheit. Und als sie sich alle über die fehlenden Haare ihre randständigen Mäuler zerrissen hatten, merkten sie erst, dass Tom nicht nur die Haare, sondern auch sein Smartphone abgelegt hatte, und für niemanden mehr erreichbar war.

„Etabliert oder radikalisiert?" fragte Merten, der immer in Lederklamotten rumlief, Fleisch aß, Motorrad fuhr und wegen seiner martialischen Erscheinung dazu gehörte.

„Radikalisiert", antwortete Tom, ohne zu zögern.

„Hör doch am besten gleich ganz auf zu atmen!" schrie Anni, weil sie dieses Gelaber nicht mehr hören konnte.

„Gute Idee", fand Tom. Er hielt das Leben für einen Balanceakt, am Rande eines riesigen Arschlochs, und egal, was man tat, man konnte es nur falsch machen. Man musste vielleicht nicht unbedingt mit einem Freudenschrei und Anlauf in die scheißeverklebte Tiefe springen, nur weil alle anderen das auch taten - am Arsch war man trotzdem. Dann lieber aufhören zu atmen. So ging es den meisten im Ali. Vermutlich ist es gerade das, was diese ganzen seltsamen Typen und Freaks, Zombies und Zecken einte. Sie bewegten sich am Rand der Gesellschaft, einem stinkenden, schwarzen Loch, dessen Innenleben nicht verstand, warum sich nicht ausnahmslos jeder im warmen Gedärm weiden wollte. Andererseits: Kaum ein Atemzug außerhalb war möglich. Bei jedem Schritt starben Tiere, bei jeder Bewegung floss Energie in die falsche Richtung, jeder Pulsschlag hämmerte auf den Planeten ein, und jedes Ausatmen war Abgas. Es gab kein Entkommen, egal wie viele Ringe sie sich durch das Gesicht steckten, oder wie schrill sie sich ihre Haare färbten, um dem braunen Brei zu entkommen.

Und dann diese komische Sache mit dem Hund. Tom schleppte ihn sogar mit, wenn er abends ins Ali kam, hatte sowieso kein Bock, rein zu gehen, Rosa-Disco-Schmalz. Dann lieber mit Piet und Renne draußen kiffen. Nick saß auf dem Bordstein, den Kopf zwischen den Knien, die beiden Lauras, eine mit roten, eine mit grünen Haaren, standen bei ihm, im Kreis des ewig rundenen Joints.

So viele Drogen könne er gar nicht nehmen, um wahnsinnig genug zu werden, den Wahnsinn auszuhalten, war einer von diesen Piet-Sprüchen. Tatsächlich blieb er immer normal, egal was er sich reinpfiff. Piet hatte eine Art Drogenresistenz in seinem Bewusstsein eingebaut, und egal, wieviel Rauschmittel er aufsog, inhalierte und schluckte, er schien immer gleich cool, souverän mit unerschütterlichem Selbstbewusstsein.

Piet ging in die selbe Klasse wie Tom, war nicht mal schlecht dabei, so dass alle sich fragten, wie in diesem zerschossenen Gedächtnis je was hängen bleiben konnte. Bei Piet schien es zu funktionieren. Renne war da eher schlichter unterwegs, ständig eingesaugt in sein Telefon. Wenn man Drogen brauchte, musste man Piet ansprechen und Renne gab einem dann, was nötig war, das war ungeschriebenes Ali-Gesetz.

„Du hast nen Hund?" fragte Piet.

„Wie süß!" beide Lauras gleichzeitig mit langgezogenem „ü".

Jamie, der Deutsche Drahthaar, schnüffelte an Nicks ausgewaschenem rostigem Haar. Nick war so zugedröhnt, dass er nicht mal aufsah.

„Wie heißt der?" fragte Piet mit Rauch in der Lunge und gab den Joint weiter.

„Eigentlich Jamie, aber ich nenn ihn J."

„Jott wie Jonny", gab der glorreiche Renne zum Besten. Merten stürzte in die Runde. Er drängelte sich vor, zog schnell zwei Mal hintereinander, bevor Renne sich totgelacht und bemerkt hatte, dass der Joint einen Umweg machte. Merten quetschte sich dann an Nick und Laura Grün vorbei, streichelte Jott und bürstete über Toms Stoppeln. Im Ali schepperte Punk und die Bulgaren soffen Wodka, Tino war umringt von einer Horde tanzwütiger Chicks in kurzen Karoröcken und schwarzen Tops. Auch irgendwie alle gleich. Tino aus der Genderclique guckte etwas verloren, vor ein paar Monaten war er noch eine von ihnen, jetzt bekam er T. gespritzt und hatte sich von Tina in Tino umbenannt.

Die rote Laura hatte sich zu Merten und Tom gestellt, auch sie war auf der IGS in derselben Klasse. In Deutsch hatten sie sogar nebeneinander gesessen, Liebeslyrik und Werther, `Mein Gott, mein Gott, warum hast du mich verlassen` und so, hatte aber nichts zu bedeuten, dass mit Laura.

Anni kreischte auf, lag bei Leila in den Armen, sie soffen 'Sekt gestreckt'.

Tom fing gleich wieder an mit politisch und gleich aufs Ganze, den ganz großen Themen.

„Eigentlich gibt es nur einen Weg, wenn ganz aussteigen nicht funktioniert. Nur wenn ich aufhöre zu atmen, höre ich auf, den ganzen Mist voran zu treiben, mit jedem Atemzug mitschuldig zu sein."

„Tot hilft aber nicht", sagt Laura.

„Hilft schon, wird aber schwierig, die Menschen dazu zu bringen, dass sie sich in Massen selbst vernichten. Zumindest wenn du keinen Krieg anzetteln willst."

„Sie sollen sich ja nicht blöd niedermetzeln oder nach Belieben faschistisch vergast werden, sie sollen es freiwillig tun. Frei entscheiden. Der Einsicht in die Notwendigkeit folgen, dass eine Reduktion der Population unabdingbar ist."

„Suicidal Saturdays", meinte Merten begeistert.

„Krass", kommentierte Laura und meinte Nicks Kotzen. Jott schnüffelte interessiert an dem Erbrochenen.

„Nicht mehr Revolution bis zum Tod, sondern Tod als Revolution", war Tom immer noch ganz vernarrt.

„Ich sag immer, wenn nichts mehr Sinn macht, macht nur das Nichts noch Sinn", ergänzte Merten. Renne streichelte seinen Touchscreen. Die Gedanken flogen durcheinander. Die grüne Laura schob sich an Rennes Schulter. Die Bulgaren hatten schon wieder eine Flasche Wodka von der Tanke geholt, Sina mit dabei. Anni hatte die Augen geschlossen und lag in Leilas Arm. Im Ali hatte sich jemand 'Where is my mind' von den Pixies gewünscht.

Am Montag dann wieder Schule. Hätte Jott nicht wie auf Tollwut auf ihm herumgetobt, wäre Tom definitiv nicht aufgestanden. Aber Doggy war auf sein Bett gesprungen, hatte ihm seine Pfote in die Eier gedrückt und ihm glücklich ins Gesicht geschnauft. Richtig wach wurde Tom erst durch die Nörgelstimme, stressig und jederzeit bereit, von seinem Vater, weil der Hund natürlich nicht auf die Bettdecken sollte. Er schimpfte und bölkte ungeachtet der Uhrzeit und jagte Jott aus den Federn. Nebenbei ließ er den Hinweis fallen, dass in zwanzig Minuten der Unterricht beginne. Tom blieb liegen, zählte zwanzig Atemstöße in die Atmosphäre und raffte sich dann auf.

Im Unterricht versuchte Dr. Zimmermann Euphorie zu verbreiten, in dem er über „Europa als Idee" sprach. Großartig. Merten saß neben Tom und wunderte sich, warum der ständig Striche in seinen Block zeichnete. Hätte er Dr. Zimmermann richtig zugehört, hätte er vielleicht verstanden, dass Tom gelangweilt die Worte Krieg, Unheil, Frieden, Sicherheit und Wohlstand zählte.

Genauso Dienstag, kaum auszuhalten. Auf dem Schulhof las Norman Judenwitze auf dem Smartphone vor und die affektierten Weiber seiner Fangemeinde lachten künstlich von ihren eigenen Smartphones auf. Denen hatte es die Menschlichkeit schon aus dem Gehirn gesaugt.

Anni hatte erst wieder alleine gestanden und sich außerhalb der Welt gefühlt. So wie ein Alien ohne Auftrag. Zum Glück waren Tom und die rote Laura dann noch aufgetaucht und hatten sie wie ein hilfloses Rehkitz aus der Monokultur vor dem Hächsler der Ignoranz befreit.

„Es sind einfach zu viele", sagte sie erleichtert und beide wussten sofort was sie meinte.

„Und wenn wir es einfach heute tun?", fragte Tom.

„Jetzt sofort. Einfach jetzt sofort?"

„Wir müssten nicht zu Englisch", schien Laura nicht abgeneigt, „Frau Digon drückt uns sowieso nur wieder das Tablet in die Hand."

„Als wenn es dann noch darauf ankäme", war Anni in Gedanken schon unterwegs.

„Merten ist nicht da und Sina schreibt später noch Musik."

„Merten ist in der Raucherecke und Sina...", sein Blick wanderte über den Schulhof. Kreischende Kinder und alle ständig am Handy. Sina stand vor dem Mensaeingang mit ein paar anderen Abiturienten. An ihrem Körper hingen ausschließlich schwarze Klamotten, ihr Gesicht war so bleich, als hätte sie vergangene Nacht in einem Haufen Kreide geschlafen. Ohne Sina würde es nicht gehen. Sie war die einzige, die ein Auto besaß und auch fahren durfte. Da konnte Merten noch hundert Mal drauf bestehen, dass er auch fahren konnte. Selbst wenn es dann auch egal wäre, Anni wollte ihr verkorkstes Dasein nicht auf der Autobahn verlieren, nur weil der Idiot nicht richtig fahren konnte. Dass wäre ja wohl auch exakt das Gegenteil von dem, was sie erreichen wollten.

„Das kann ja wohl mit Sina als Fahrerin auch passieren, die Autobahn ist da nicht wählerisch, wer sich auf ihr tot fährt"; argumentierte er, aber Anni hatte natürlich

Recht. So ein bisschen schön sollte es schon sein und nicht so elendig verrecken zwischen Abgasen und Mikroplastik. Sina musste mit.

Und Merten auch. Ohne ihn traute sich keiner wirklich. Merten war so eine Art Motivationsmaschine, auf jeden Fall war er der Mutigste: „Was habe ich zu verlieren?", war so sein Standardspruch. Coole Sau eben. Tatsächlich waren die Anderen zwar genauso lebensmüde wie er, doch während sie jeden scheiß Schritt auf diesem Planeten als Umweltkatastrophe ansahen und deshalb kaum zu atmen wagten, war es bei Merten eher die große allgemeine Gleichgültigkeit.

„Scheiß der Hund drauf", war auch so ein Merten-Spruch. Und dass er eh nicht alt werden würde. Dass er das zumindest nicht plane und schon deshalb sein winziges Stück Umweltkuchen schon jetzt gewissenlos verdrücken dürfe, einschließlich Motorradfahren, Fleisch essen (wenn's geht wenigstens Bio!), Sommerurlaub mit dem Flieger, Eistee aus Plastikflaschen oder wahlweise Unmengen von Bierdosen. Rauchen nicht zu vergessen. Was solls, Merten hatte den Kontakt.

Und kaum dass sie vom Teufel sprachen, kam er, Merten, in seiner Lederhose und den runtergerockten Docs, über den Schulhof geschlurft, direkt auf sie zu. Fünf Minuten war noch Pause. Das Gespräch zwischen Anni, Tom und der roten Laura verstummte für einen Moment, bis Merten sie erreicht hatte. Irgendwie war klar, dass Merten die Entscheidung mitbringen würde. Wer, wenn nicht er. Tom tippelte nervös von einem Fuß auf den anderen.

Erstmal musste Merten natürlich die Neuigkeiten aus der Raucherecke loswerden. Sophie, die blöde Schnepfe, hätte sich von Jonathan vögeln lassen und war schwanger. Vögelnde Schnepfe, Merten wollte sich totlachen und erst als er merkte, dass er alleine lachte und die anderen ihn vielmehr mit ziemlich angespannten Gesichtern ansahen, beruhigte er sich.

„Was ist los mit euch?"

„Wir wollen los. Heute. Jetzt."

Merten zog sein Smartphone aus der Tasche. Auch so was. „Scheiß auf seltene Erden", mehr sagte er nicht dazu. Er schaltete den Bildschirm an, als müsste er zunächst seinen Terminkalender befragen. Die Uhr sprang gerade auf 9:47 Uhr. In drei Minuten ging der Pausengong. Tom bekam Panik. Der Gong klang für ihn wie eine alte Fliegersirene, die die Schüler nicht vor fallenden Bomben warnte, sondern im Gegenteil, sie in luftleere Klassenräume lockte, um mit Wissen aus einer falschen Welt bombardiert zu werden. Egal, was Merten sagte, Tom könnte heute nicht mehr in den Unterricht zurück. Allein die Vorstellung war des Todes. Unheil sozusagen.

„OK", sagte Merten knapp, „wo ist Sina?"

Und als wäre es das Selbstverständlichste von der Welt, stapfte er los, um die bleiche Sina zu holen. Die blickte mit ihren schwarzen Augen unter dem schwarzen Pony zu den anderen hinüber, dann schnappte sie sich ihren BW-Rucksack und kam mit Merten zurück.

„Also gut, los geht's."

Die Schulsirene zerriss die Freiheit, doch sie konnte die kleine Gruppe auf dem Weg zum Schulparkplatz nicht mehr erreichen.

Als dann alle im Renault von Sina saßen, Merten auf dem Beifahrersitz, Anni, Laura und Tom hinten und den Parkplatz verließen, da wurden sie ziemlich still, weil klar war, jetzt geht es los, jetzt wurde es ernst, das Ende war sozusagen eingeläutet. Anni war richtig mulmig, ihr Kopf schien fast zu platzen. Gut, dass sie keine Rasierklinge oder sowas griffbereit hatte, sonst hätte sie nicht dafür garantieren können, heute noch lebend in Frankfurt anzukommen. Und gut, dass Merten einen Joint baute, der würde sie beruhigen.

„Wir müssen die Schilder und die Flugblätter noch holen", meinte Laura und ließ nervös ihr Piercing in der Oberlippe hervorspringen. „Hoffentlich ist meine Mutter nicht zu Hause".

Die rote Laura war extrem behütet aufgewachsen, Einzelkind aber nicht spoiled. Mami und Papi arbeiteten irgendwo in einer Bank oder einer Versicherung auf jeden Fall was mit Geld. Deshalb auch zu dritt riesendickes Einfamilienhaus. Laura hatte zum 16. Geburtstag ihre eigene Etage unterm Dach geschenkt bekommen. Riesenzimmer mit eigenem Bad und kleinem Balkon zum Rauchen. Hauptsache Abitur, das war die einzige Bedingung, die ihre Eltern an sie stellten und solang das lief, sagte keiner was zu den roten Haaren, den Piercings und den Tattoos. Natürlich gab es sonntags regelmäßig beim Familienfrühstück immer die gleiche Hasspredigt über ihre (vermeintlichen) Freunde im Alibaba, die sie ausnutzten, ihr nicht gut taten und der

freundliche Hinweis über den netten und wohlerzoge-
nen Nachbarsjungen Linus, drei Häuser weiter. Netter
Junge am Arsch, dachte Laura dann, weil Linus ständig
Koks zog und mit den anderen rassistischen Lieblings-
schwiegersöhnen herumhing. Keine zehn Sekunden
hielt sie es in dessen Nähe aus, schon weil sie mit ihren
Kunststoffdeos die Umwelt im Umkreis von fünfzig Me-
tern verpesteten. Dann sich doch lieber von den Hän-
gern aus dem Ali das Zimmer vermüllen lassen. Niemals
würde sie sich ihren Umgang vorschreiben lassen und
am wenigsten von ihren Eltern.

„Du weißt doch gar nicht, wie gut du es hast." Standardspruch von ihrem fuck-kapitalistischen Alten. Auf
gewisse Weise stimmte der Spruch sogar. Laura wäre
es tatsächlich nie in den Sinn gekommen wäre, dass sie
es gut hat. Für sie war dieser unreflektierte Spießermief
nämlich nicht gut, er drohte sie nämlich vielmehr zu er-
sticken.

Es machte sie oft fassungslos, dass ihre Eltern nicht
merkten, wie sie mit jedem Tag die ganze Katastrophe
abnickten. Wie scheinheilig kam ihr das dann vor, wenn
ihr Vater von Verpflichtung, Reife, Bildung, Verantwor-
tung und diesem ganzen Pseudokack schwafelte und
dabei keinen Millimeter bei sich selber anfing, geschweige denn, über seinen Gartenzaun hinaus blickte.
Andererseits, im Vergleich zu den Anderen ging es Laura zumindest materiell tatsächlich nicht schlecht. Also
mit Annis Borderline-Mutter wollte sie jedenfalls nicht
tauschen und mit den Altöko-Lehrern von Merten auch
nicht unbedingt. Tom hatte ja ohnehin nur noch seinen
Vater und dem war alle egal. Von Sina wussten sie alle

fast gar nichts. Ist auch erst vor zwei Jahren nach Oldenburg gekommen und in der Trainingswohnung einer Jugendwohngruppe untergekommen. Muss tendenziell ziemlich viel Mist in ihrer Vergangenheit gelaufen sein. „Die Familie ist die Keimzelle des Abartigen", meinte Sina, und wenn es einen Grund gäbe, warum sie sich bisher noch nicht umgebracht hätte, dann, weil sie noch zu viel Hass mit sich herumschleppen würde. Vor allem gegen den „Erzeuger aus Hamburg". Und jetzt? Abitur! Und zwar richtig gut, Schnitt 1,5. Voraussichtlich. Sina strebte sie alle unter den Tisch. Spielte aber keine Rolle, wenn die Seele schon tot war und der Körper dieser Sehnsucht folgte.

Ist ja nicht so, dass es einen Plan gab.

Nicht mal Tom hatte spontan einen parat, außer vielleicht, dass nichts mehr half und deshalb ein deutliches Zeichen mehr als notwendig war. Dass sie sich deshalb auf den Weg gemacht hatten, um nach Frankfurt zu fahren.

Soweit waren sie aber vor drei Wochen im Ali auch schon, als sich im Prinzip alle einig waren: Das einzige, was die Leute vor ihren Bildschirmen noch etwas schockieren würde, waren möglichst viele Tote. Es war dann eigentlich auch egal, ob durch ein Flugzeugunglück, eine Umweltkatastrophe, Meteoriteneinschlag oder Hunger, wobei Hunger das schlechteste Beispiel war.

„Die Leute wollen auf ihr Smartphone oder ihren Fernseher glotzen und den Kopf schütteln", hatte Merten die Diskussion schon fast abgeschlossen. Doch dann kam Tom wieder:

„Stimmt, und wenn es darum geht, politische Aufmerksamkeit zu erzeugen, dann gilt das genauso. Guck dir doch die Nachrichten an. Demonstrationen ohne Krawalle, bestenfalls eine halbe Minute Sendezeit. Demonstrationen mit Krawallen schaffen schon eine Minute. Aber wenn einer stirbt, dann stürzen sich alle darauf. Dann hast du eine weitere Verbreitung und viel Sendezeit. Am besten sind daher auch Terroranschläge. Wenn die Nazis oder die Islamisten einen Anschlag verüben, dann kann daraus ein abendfüllendes Programm werden. Ich sag euch, Terrorismus ist die Waffe der Straße, asymmetrische Kriegsführung eben. Und wenn du mehr als hundert Tote schaffst, bekommst du Fame für eine ganze Woche, oder noch länger."

„Siehe World Trade Center. Die Terroristen sind echt berühmt."

„Nicht nur die! Diese ganzen Honks, die sich in die Luft sprengen, oder die NSU oder Breivik."

„Nils Högel."

„Der ist Nazi?"

„Die Faschos haben längst begriffen, worum es geht..."

„...die schreiben schon wieder Geschichte."

„Was wir brauchen", meinte Tom, „ist eine Art Ökoterrorismus, versteht ihr? Wenn Leute sterben würden, das würde wachrütteln, das würde etwas bewegen."

„Von mir aus kannst du die ganzen Bitches und Nerds dieser Erde hochjagen", schlug Anni vor.

„Also ich könnte niemanden umbringen, nicht mal meine Eltern oder Dr. Zimmermann", erklärte Laura und Sina pflichtete ihr bei: „Sonst hätte ich es vermutlich längst getan."

Wie auch immer. Spontan und frühzeitig ohne Plan loszufahren, war wie Actionpainting ohne Farbe, es fehlte irgendwie die Richtung.

Wenigstens hatte Laura soweit mitgedacht, dass sie zu Hause nicht nur die Schilder und Flugblätter eingepackt hatte, sondern auch den Fuffy von ihrer Oma. Zugesteckt beim Besuch letztes Wochenende, „aber nicht Mama und Papa sagen." Ohne Geld würden sie jedenfalls nicht bis nach Frankfurt kommen, weil Sinas Renault nur noch Viertel voll war und Merten ohne ein Sixpack vermutlich ebenso schnell wie der Motor die Lust verlieren würde.

Kurz vor Hannover, Sina war gewohnheitsmäßig Richtung Hamburg gefahren, bekam Anni eine von ihren Heulattacken. Die kamen aus dem Nichts und dann lief sie fast aus den Augen aus. Keiner wusste dann so recht, was er sagen sollte und sie kannten Anni ja auch zur Genüge, um zu wissen, dass nichts wirklich half, wenn die Suppe lief. Laura versuchte zwar zu trösten, aber mehr als in den Arm nehmen und gutgemeinte Worte ging ja nicht. Merten baute die nächste Tüte, weil er glaubte, bei Anni hatte das THC aufgehört zu wirken, und das war natürlich vollständig an der Sache vorbei. Denn, wenn Anni etwas fehlte, dann vor allem menschliche Nähe, am liebsten von Tom und nicht irgendwelche Scheißdrogen. Nicht, dass Anni jetzt bis über beide Ohren in Tom verliebt gewesen wäre, so absolut konnte Anni gar nicht lieben, aber mögen, dass tat sie ihn schon sehr, mehr jedenfalls als alle anderen. Das war ihr plötzlich im Auto wieder klar geworden und dass es vielleicht ihre letzten gemeinsamen Stunden waren. Da war kein Halten mehr und nichts mehr zu machen. Das Eigenartige daran: Es hätte Anni ja völlig egal sein können, weil sie ja den Tag voraussichtlich selbst nicht überlebte. Aber vielmehr als ihr eigenes Ende, überwältigte sie die Vorstellung, dass es Tom bald nicht mehr geben würde und das machte sie fertig. Ausgerechnet Tom. Vielleicht der Einzige, der wirklich etwas verändern wollte. Außer Greta Thunberg natürlich. Tom wusste einfach über alles Bescheid, er las die Zeitung und die Parteiprogramme, da hätte Anni niemals Bock drauf gehabt. Trotzdem war Tom überhaupt nicht angepasst, im Gegenteil, er dachte die Alternative neu, er würde die Welt verändern können. Und wie Anni ihn da so sitzen sah, mit seinem kurzen Stoppelhaar, da musste sie an die Grundschulzeit denken, weil, solange kannte sie ihn schon. Seit er als Fünfjähriger der Jüngste in der ganzen Klasse dennoch allen anderen überlegen war und mit seinem Charme schon damals, Frau Düsberg, ihre völlig missratene Klassenlehrerin, in Verlegenheit brachte, indem er ihr zu verstehen gab, dass sie mit ihnen und schon gar nicht mit ihm wie ein Kindergartenkind reden müsste. Frau Düsberg hatte daraufhin tatsächlich ihren niedlichen Stimmenverzerrer ausgeschaltet, und Anni hatte sich schon damals auf gewisse Weise beschützt gefühlt. Schon damals! Da waren die meisten in der Klasse noch nicht annähernd in der Lage, das affektierte Lachen der Klassenlehrerin und ihr Das-habt-ihr-aber-wirklich-ganz-ganz-toll-gemacht-Getue richtig zu deuten. Dieses institutionelle Brainwashing zur Erziehung von eifrigen, systemkonformen Konsumkids, was bei den ganzen Schlampen so gut funktioniert hatte. Nicht bei Tom und deswegen vielleicht auch nicht bei ihr. Jedenfalls hatte sie Tom gerne bei sich – so wie ein Feuerzeug in der Tasche. Besonders, wenn die dämlichen Mitmenschen, einschließlich ihrer Psychomutter wieder einmal gar nichts verstanden von den echten Problemen, einmal das Tom-Feuerzeug rausgeholt und zack. Es war zum Heulen.

Anni wollte sich einfach nicht beruhigen. Trotz Joint und obwohl sie inzwischen an Hannover schon fast vorbei waren. Tom ging das schon ziemlich auf die Nerven. Sie handelten, da gab es nichts mehr zu betrauern. Außerdem wollte er noch seine acht Thesen zu Ende schreiben, bevor sie nach Frankfurt kamen. *'Acht Thesen, warum es sich unbedingt lohnt, noch heute Selbstmord zu begehen'.* Annis Geheule war da nicht gerade förderlich.

Also hatte er seinen Hintern gegen den Autohimmel gedrückt, während Laura in die Mitte rückte, um Anni besser trösten zu können. Einmal kurz hatte sich ihr Atem berührt, dann saß er auf dem Fensterplatz hinter Merten, der ihm nach der übermenschlichen Anstrengung den Joint reichte. Aber Tom lehnte ab. Die letzten Stunden sollten drogenlos sein. Er kramte sein Notizbuch raus und schrieb drauflos. Eigentlich sollten es zehn Thesen werden, das klang kraftvoller und nach mehr, aber dafür fehlte jetzt die Zeit:

'Acht Thesen, warum es sich unbedingt lohnt, noch heute Selbstmord zu begehen:

1. Ein Mensch weniger, der CO2 absondert.

2. Die Überbevölkerung wird reduziert.

3. Es muss ein Mensch weniger ernährt werden.

4. Es wird weniger konsumiert.

5. Es braucht nicht mehr so viel Plastik hergestellt werden.

6. Es werden weniger Ressourcen verbraucht.

7. Ein Ausstieg aus der Gesellschaft ist nicht anders möglich.

Eigentlich waren es ja sogar erst sieben Thesen, aber Tom war ja auch noch nicht fertig und die Achte hatte er wieder gestrichen, weil sie ihm zu belanglos erschien: *Eine virtuelle Identität ausgelöscht wurde*; war weder für den Fortbestand der Menschheit irgendwie bedeutend, noch würde er dafür viele Anhänger finden. Dazu fand das Gros seine virtuelle Identität einfach viel zu geil.

„Scheiße!", schrie Merten auf und alle dachten sofort, was war denn nun los, entweder hat er sich eingenässt oder sein Handyempfang war zusammengebrochen. Sina drehte Slipknot leiser und sogar Anni blickte für eine Sekunde erstaunt und nicht mehr traurig.

„Fuck Tom!", drehte Merten sich nach hinten um. „Wir sind echt voll die Idioten!"

„Was ist den los?", fragte Sina für alle.

„Na die Plakate und Flugblätter." Sie schauten Merten fragend an. Hatte er sein Kurzzeitgedächtnis tatsächlich so krass weggekifft, dass er sich nicht mehr daran erinnerte, wie sie vorhin extra bei Laura rumgefahren waren.

„Was ist damit?"

„Na was steht auf den Plakaten drauf?" Merten verstand gar nicht, wieso keiner ihn verstand.

„Wir lassen uns die Zukunft von EUCH nicht nehmen!"

„Ja und was noch?"

„Wenn ihr nicht handelt, handeln wir."

„Das auch, mein Gott, und was noch?"

„Leben retten durch Tod."

„Sagt mal, seid ihr wirklich so schwer von Begriff?" Merten kurz vor der Verzweiflung. „Na: Suicidal Saturdays! Heute ist Dienstag Leute. Wir sind zu früh unterwegs, wie bescheuert ist das denn bitte schön?"

„Fand ich auch, deswegen habe ich das Schild auch nicht mitgenommen", stellt Laura nüchtern fest.

„Du hast was?!" Merten in Brass. Da will wirklich keiner dabei sein. Schon gar nicht bei 120 Sachen in einer Blechkiste eingesperrt.

„Macht doch eh keinen Sinn, hast du doch selber gesagt."

„Das war mein Schild, Laura! Meine Idee und mein Schild! Alter ich dreh durch."

Zum Glück kam nach Hannover eine Raststätte. Sina fuhr, ohne zu fragen, von der Autobahn und Merten lief erstmal schmollend weg. Vielleicht besser so.

Warum war auf diesem elenden Planeten eigentlich ausnahmslos alles so schrecklich kompliziert? Egal, was man tat, alles hatte Folgen, die das eigene Tun relativierten. Es ließ sich einfach nicht richtig machen. Das war so ein bisschen wie an einer dieser Buden auf dem Jahrmarkt, bei der man an einem Faden zog und schon baumelt ein Gewinn aus dem Versteck heraus. Und weil die Gewinne entweder aus Plastik oder Elektroschrott oder Müll oder alles zusammen waren, war der Gewinn kaum mehr als ein Haufen Scheiße. So war es mit dem Leben auch. Also nicht mit dem Leben generell, wenn Jott auf seiner Decke lag oder im Garten rumtollte, dann hatte das ja was völlig Naives, sprich Unschuldiges. Nur mit dem menschlichen Leben war es so, jede Bewegung ein Griff ins Klo. Tom durfte darüber gar nicht nachdenken und noch weniger durfte er an Jott denken, dann müsste er wahrscheinlich sofort wieder umdrehen. Dabei waren doch alle froh, dass Merten wie auch Anni sich wieder beruhigt hatten und sie wieder on the road waren Richtung Frankfurt, zumindest für einen kurzen Moment, denn dann wurde es wieder kompliziert. Diesmal lag es jedoch nicht an den Fahrzeuginsassen, sondern vielmehr an dem Fahrzeug selber, Sinas Renault machte Faxen, weil sich die blöde Kiste plötzlich kaum noch lenken ließ. Also, lenken ging schon, aber eben nur noch richtig schwer.

„Fuck! ", schrie Sina. „Fuck! Fuck! Fuck!"

Das sei nur der Servo, meinte Merten (und wer wollte ihm widersprechen?), das sei halb so wild, sie wollten doch ohnehin nur geradeaus fahren.

Sie könne nicht mal richtig überholen, konkretisierte Sina ihr Dilemma und Laura schlug vor, besser rauszufahren und eine Werkstatt aufzusuchen.

Da bräuchte er keine Werkstatt, klugscheißerte Merten, so ein bisschen Servoöl nachfüllen könne jeder. War aber nicht so. Außerdem setzte er der Verzweiflung noch einen drauf, bräuchten sie den Wagen doch in sechs Stunden ohnehin nicht mehr, dann seien sie nämlich in Frankfurt. Schlimmstenfalls hätten sie einen Unfall mit Todesfolge, so what?

Dann sei die Aktion gescheitert, blaffte Sina ihn genervt an, es ginge doch nicht um möglichst schnell, sondern vor allem um möglichst wirksam und mit breitem politischen Statement. Ohne weiter zu diskutieren, setzte sie bei der Ausfahrt Hildesheim den Blinker. Merten gab sich geschlagen und googelte Werkstätten.

„Stell dir mal vor, du heißt mit richtigem Namen Alexa", faselte er, ohne aufzusehen. „Dann bist du für den Rest deines Lebens als allwissende, aber devote Schlampe verschrien. Alexa mach mal die Musik lauter. Alexa du hirnloser Haufen Technik, tu was ich dir sage und so. Also Alexa ist echt ein für alle Zeit kontaminierter Vorname..."

Kurz gesagt: 240 Euro und richtig miese Stimmung.

War eben doch nicht bloß das Servoöl, sondern so ein komischer Schlauch war abgerissen. Passiert eben, meinte der Mechaniker, weil alle ziemlich lange Gesichter machten und vorher schon klar war, dass sie die Kohle nicht aufbringen könnten, oder höchstens gerade so. Zwanzig Euro hatten sie noch in bar, Sina hatte hundertfünfzig auf dem Konto. Merten schätzte so fünfzig und Anni höchsten, also allerhöchsten dreißig – eher weniger. Laura hatte ihre Karte vergessen, was Mist war, weil sie mit Abstand am meisten Geld auf dem Konto hatte. Tom hatte gar kein Konto, er weigerte sich, Banken und Großfinanz mit seinen Gebühren noch zu befördern.

Sind zusammen 250 Euro und dann haben sie heute noch nichts gegessen. Der Wagen wäre auch frühestens morgen Nachmittag fertig und ob der Sprit bis Frankfurt reichte, war auch nicht gewiss. Richtig blöd gelaufen, das mit der Lenkung und obwohl die Stimmung schon ziemlich zertreten war, weil die Aktion heute wohl nicht mehr durchführbar war, waren sie aus Mangel an Alternativen zum Glück alle ziemlich einig, wie sie weitermachen wollten. Zeigte halt, dass sie in den wirklichen Stresssituationen doch zusammenhielten und die gemeinsame Lösung wichtiger war, als die Bedürfnisse des einzelnen.

Nachdem sie den Wagen zur Fehlerdiagnose auf den Hof der Werkstatt gestellt hatten, waren alle ins Zentrum von Hildesheim rein und haben das ganze verfügbare Bargeld zusammengesammelt. Die ganzen 250 Euro. Und richtig Spaß hatten sie dabei. Laura und Anni hatten gebettelt und Anni mit ihrem „mitleidserregenden Spezialblick" (Laura) hat in einer Stunde gut fünfzehn Euro zusammengekratzt. Tom hatte die ganze Zeit nur Anti-Sprüche abgelassen, weil ja ohne Geld nichts mehr laufen würde, „weil ohne Geld geht gar nichts mehr, selbst wenn man kein Geld mehr braucht, kommt man nicht ohne aus." Jeder elende Pups würde mittlerweile Geld kosten usw. usf. Das war normal. Tom konnte Reden ohne Ende, wenn er wollte und wenn es um seine Themen ging. Richtig reinsteigern konnte er sich in seine Ängste und dann wusste irgendwann keiner mehr einen Ausweg.

„Dahinten ist ein Buchladen", sagte Laura etwas schnippisch, war aber als Spaß gemeint. Tom wurde hellhörig und machte sich auf den Weg. Für mindestens eine halbe Stunde war er jetzt beschäftigt und die Mädchen machten ihre Anmach- und Bettelwitze.

Merten war sogar bereit, etwas von seinem Gras zu verticken. Klappte aber nicht, weil er nicht wusste wo, und irgendwelche Passanten willkürlich anquatschen, war natürlich auch nicht besonders klug. Stattdessen hat ihm ein offensichtlich Obdachloser etwas von seinem Bier abgegeben und ihm sein Geheimnis verraten, nämlich wo es Schlafplätze gab. In einer Industrieruine Richtung Drispenstedt könnte man ziemlich gut pennen, selbst wenn man nichts dabei hatte. Dort könnte man Feuer machen und es lag einfach genug Zeug rum, falls es kalt werden würde. Die Kollegen hätten säckeweise aus der Altkleidersammlung dorthin geschleppt, jeder konnte sich daran bedienen. Merten jedenfalls war von dieser Übernachtungsoption mega begeistert, die anderen nicht so.

Am besten aber war Sina. Die hatte sich ohne ein Wort zu sagen für zwei Stunden abgeseilt und alle dachten natürlich sie bräuchte erst mal Zeit für sich allein. Darum ging es jedoch nicht. Alleine sei einfach unauffälliger, erklärte sie später.

Sina war schnurstracks zum nächsten Supermarkt gelaufen und hatte sich dann peu à peu durch sämtliche Discounter oder genauer, durch sämtliche Container durchgearbeitet und nach Verwertbarem Ausschau gehalten. Voll geil. Als sie zurückkam, sah es fast so aus, als käme sie direkt von einem Großeinkauf. Es gab Salat und Gurken, leicht angegammelten Käse (war aber nur weißer Schimmel) und zwei fette Pakete Weißbrote (über MHD). Dazu Bananen, Äpfel, Tütensuppen (für die sie allerdings kein Wasser hatten) und so eine seltsame Sauce in der Tube, die außer Merten und der Obdachlose aber keiner mochte.

Als sie satt waren, ging es ihnen richtig gut. Merten kniete sich vor Dankbarkeit sogar vor Sina hin und tat so, als würde er wie ein Moslem beten. Es fehlte ihnen an nichts und selbst wenn der Rückweg in die Autowerkstatt noch bevorstand, gab es eigentlich nicht mehr viel zu verlieren. Sie hatten Essen, Trinken (Merten hatte trotz böser Blicke billig Bier aus der Dose gekauft, „Is halt so") und einen Platz, wo sie schlafen konnten. Es war also vorerst egal, wie das abschließende amtliche Urteil des Autofritzen ausfiel, sie würden einfach die Nacht hier verbringen und sich keinen

Stress machen. Solange sie lebten, ließ sich der Tod ja zum Glück noch verschieben.

Geschockt waren sie dann trotzdem, als sie den Kostenvoranschlag für den Renault hörten.

„So viel ist der Wagen gar nicht wert."

„Der kann sich seinen neuen Schlauch in den Arsch schieben", sagte Merten gerade so laut, dass der Mechaniker es hören musste und leise genug, es als Missverständnis abzutun. Böse sah der Mechaniker ihn an.

Jedenfalls war es selbst Sina zu viel. Sie versicherte sich, dass die Lenkung auch so funktionierte, nur eben sehr viel schwerer, aber dass es sonst keine Einschränkungen gäbe, dann bedankte sie sich und nahm das Auto einfach so wieder mit wie es war.

„Lohnt sich eh nicht mehr", sprach sie mantrahaft zur Selbstberuhigung vor sich her.

Mit kaputter Lenkung fuhren sie zu der Industrieruine, die der Penner Merten beschrieben hatte. Es gab dann ein großes Hallo, als sie zu fünft dort auftauchten. Mussten ein bisschen aufpassen, denn nur weil die Ruine zerfällt und scheinbar keinem gehört, gehört sie noch lange nicht jedem.

Da sie aber so viel Geld gespart hatten und es ja irgendwie auch der letzte Abend vor ihrem Selbstmordattentat war, gerieten sie richtig in Abschiedsfeierlaune und kauften zu Mertens Dosenbier noch weitere Flaschen und jede Menge Wein. Das machte natürlich schwer Eindruck bei den Obdachlosen. Abwechslung und der brachte sogar seinen eigenen Alk mit, besser konnte es für einen Obdachlosen auch nicht laufen. Als Merten dann noch Tabak und Gras rauskramte, da waren alle plötzlich beste Freunde und die Penner boten von sich aus Schlafplätze an. „Bei uns herrscht Gastfreundschaft", nuschelte einer ohne Zähne. „Geben und Geben", fügte ein anderer hinzu und wurde lang und breit von seinen Kumpels korrigiert.

Es wurde dann aus alten Holzpaletten ein Feuer gemacht und alle saßen auf alten Sofas oder improvisierten Holzbänken. Ein richtig gemütlicher Abend wurde das und selbst wenn Laura und Anni sich einig waren, dass sie sich an den Gestank und den Dreck niemals gewöhnen würden, so fühlten sie sich doch alle gleichermaßen unbeschwert und frei. Menschlich gab es bald keine Unterschiede mehr, alle waren betrunken und berauscht und alle saßen unter dem Sternenhimmel vor dem gleichen Feuer. Sie alle lebten noch.

Nur Tom wirkte seltsam abwesend. Er trank seinen Wein, ohne den Alkohol zu spüren und keiner wusste, worüber er eigentlich wieder nachgrübelte. Vielleicht war er bei seinen acht Thesen, oder er philosophierte über die Möglichkeit, dass selbst diese betrunkenen Grenzgänger die Grenzen nie ganz überschreiten könnten, weil auch sie noch von Geld und System abhängig waren. Dass es kein Entrinnen gab, selbst in der totalen Entsagung nicht. Irgendsowas wird er gedacht haben.

Als die Leute vor 130 Jahren diese Fabrik gebaut hatten, um darin irgendetwas zu produzieren, da hatten die Leute noch nicht die geringste Ahnung, dass jede ihrer Handlungen eine negative Wirkung auf den Planeten nach sich zog. Tom hatte die Augen noch nicht ganz aufgeschlagen, da war sofort alles wieder da. Was die Menschen damals taten war uneingeschränkt nützlich und selbst wenn sie damit die eigene Spezies ausbeuteten, hatte die Auswirkungen für die Erde, so wirklich gar keiner auf dem Schirm. Das musste man sich mal vorstellen, jede Handlung war frei von Folgeabschätzung und Nachhaltigkeitsbewertung. Dass die Natur, die Umwelt oder das Klima überhaupt jemals in irgendeiner Weise Schaden nehmen könnten, war ein bis dahin ungedachter Gedanke. Das klang vielleicht naiv oder auch frei, es zeigte allemal, dass jeder ethische Gedanke zum Schutz dieses Planeten aus nichts anderem, als aus Erfahrungen und beobachtbaren Erkenntnissen gewonnen worden war, und das war schon ziemlich harter Stoff unmittelbar nach dem Aufwachen. Zumal sich Tom (unmöglich nach so einem Gedanken noch einmal einzudösen) bei seinem Morgenspaziergang durch die Industriebrache absolut nicht mehr sicher war, ob die menschliche Erkenntnisfähigkeit schon so weit fortgeschritten war, um ihre Aktion für den bevorstehenden Tag in ihrer logischen Konsequenz und Folgerichtigkeit zu verstehen. Es stand ja nicht einmal fest, ob sie überhaupt in der Lage waren, jemals zu einer solchen Erkenntnis gelangen zu können. Vielleicht war es ja tatsächlich so, wie Merten behauptete: Alle Zerstörung auf dieser Erde diente der Entwicklung einer übermenschlichen, gottgleichen Macht, die alles Fehlverhalten korrigieren würde und, ja, und dessen Ursache schlussendlich eliminiert, sprich, den überflüssigen Menschen einfach verenden ließe oder abmurkste.

Merten glaubte tatsächlich an solche übergeordneten Pläne. War natürlich Schwachsinn, aber das war der Grund, warum er sofort dabei war, als sie vor drei Wochen im Ali auf die Idee gekommen waren.

„Warum warten, bevor eine KI uns aussortiert", hatte er gegrinst. Es war nie ganz sicher, wie ernst er das Unternehmen eigentlich nahm. Ohne ihn wäre es jedenfalls nicht durchführbar, Merten hatte die Kontakte zu Ringo in Frankfurt, und der war eben der Schlüssel zu der ganzen Geschichte. Merten hatte nämlich früher mal in Frankfurt gelebt, das war schon eine Ewigkeit her, und an das meiste konnte er sich gar nicht mehr erinnern, aber eine Freundschaft aus der Nachbarschaft war von damals noch geblieben: Ringo. Hieß natürlich mit richtigem Namen anders und war auch schon fünf Jahre älter. Ringo war schon am Arbeiten, war bei so einem scheiß Edelrestaurant angestellt, aber nicht als Speichellecker, sondern als Tellerwäscher und ein bisschen als eine Art Hausmeister. Die hießen natürlich anders, waren ja auch keine Häuser, Ringo arbeitete im Maintower, also im Wolkenkratzer. So richtig wusste Merten auch nicht, was Ringo da eigentlich machte, spielte aber auch keine Rolle. Wichtiger sei, versicherte Merten, dass Ringo einer von ihnen war, und dass er dafür tausendmal seine Hand ins Feuer legen würde. Das war nachdem er ihnen im Ali erzählt hatte, wie er gerade aus Frankfurt wiedergekommen war und, voll geil, Ringo getroffen hätte und alle einschwor, da ginge richtig was in Frankfurt. Merten war mit Ringo auf Sauftour gegangen (natürlich!) und dann nachts ein Abstecher ins Bankenviertel. Ringo hatte voll das Riesengeheimnis gemacht und dann vor dem Wolkenkratzer einen Schlüssel aus der Tasche geholt und Merten einen Transponder unter die Nase gehalten, mit den Worten: „Jetzt zeig ich dir mal was, was noch nicht viele Menschen gesehen haben."

„Nee, ne!?"

„Oh doch! Wir müssen da oben rauf", und er zeigte die dunkle Glasfassade hinauf in den Sternenhimmel. Der Turm schien zu wanken, Merten meinte, dass könnte aber auch der Alkohol gewesen sein.

Und dann seien beide nachts in den Maintower, um drei Uhr oder so und er, Merten, war sich sicher, sie würden mit dem Fahrstuhl fahren, das war aber die Notausgang-Treppe und da gäbe es keinen Lift oder so etwas, sondern nur Stufen, Stufen, Stufen, kilometerweise nur Stufen. Dafür war auch sonst niemand vor Ort und am Anfang hätten sie voll den Lärm gemacht. Dann Raucherlunge, Merten hätte Ringo gekillt, wenn er nicht schon völlig am Ende gewesen wäre. Es habe Stunden gedauert, bis sie oben angekommen seien und dann war plötzlich alles anders. Die ganze Mühe sei dann vergessen gewesen, schwärmte Merten, als sie dann raus auf das Dach gegangen seien. Der Wind sei wie eine Wand gewesen und die Sterne im wahrsten Sinne des Wortes zum Greifen nahe. Die hätten fast dichter dran gewirkt als die beleuchtete Stadt, das sei wirklich mehr als gigantisch gewesen, geradezu atemberaubend. Wenns nicht so kühl und windig gewesen wäre, hätte er am liebsten dort oben übernachtet. So nur eine Zigarette, magischer Moment und dann die ganzen Stufen wieder runter. Total durchgeschwitzt, hätte sich aber voll gelohnt. Könne er jederzeit wieder haben, hätte Ringo ihm angeboten und dieser letzte Satz, war wie die letzten Sonnenstrahlen, die bei Tom einen Gedanken zu vollständiger Reife brachten. Ein Zeichen setzen, das wollte er schon lange, aber es fehlte die zündende Idee. Es sollte ja etwas Spektakuläres sein und nicht etwa die Huntebrücke in Oldenburg. Der Maintower, der war spektakulär.

Nachdem Tom seinen Rundgang durch die stinkende und verdreckte Industrieruine beendet hatte, hätte er sich am liebsten doch noch einmal zu Anni gelegt, die auf einer ziemlich schmutzigen und runtergerockten Matratze zusammengerollt seelenruhig schlief. Das war nämlich sehr schön, letzte Nacht neben ihr zu liegen und sich so lange anzusehen. Fast hätten sie vergessen, wo sie waren und was sie eigentlich vorhatten. Obwohl sie sich jahrelang kannten, war Anni seit ihrer Entscheidung zu der Aktion irgendwie verändert. Vielleicht, weil nicht mehr viel Zeit blieb.

„Wenn du einen letzten Wunsch frei hättest, was würdest du dir wünschen?" hatte sie ihn ziemlich weinselig in die Dunkelheit hinein gefragt. Insgeheim hatte sie sich die Antwort schon zu recht gelegt, war jedoch nicht enttäuscht als Tom – typisch Tom – antwortete: „Den Menschen verstehen."

Anni war auch so froh, dass Tom in ihrer Nähe war und dabei nicht wie die ganzen Schwanzlurche und Nerds in der Schule nur an Sex und Pornos dachte, was ja im Prinzip das gleiche war, nur mit anderen sinnlichen Mitteln. Berühren, ja, das war OK, dass wünschte sich Anni sogar, aber alles andere? Dafür war es hier ohnehin zu schmutzig.

Sina und Laura fanden es dann auch zu pekig. Die letzte Nacht im Müll zu schlafen, ging für sie gar nicht, dann doch lieber im Auto. War ja für alle in Ordnung, weil Merten sich völlig schmerzfrei sowieso dort zum Schlafen legte, wo ihn die Müdigkeit überfiel, und das war in diesem Fall eines der verwanzten Sofas. Die Beine ließ er über die Seitenlehne hängen, war ihm alles egal, wahrscheinlich hätte er auch auf einer Lage Toilettenpapier genächtigt. Er behielt einfach immer seine Lederklamotten an und dann war die Unterlage ihm schnuppe. Es gab wirklich wenig Dinge, die Merten etwas ausmachten, und selbst die Sache mit dem Transparent war ja mehr gespielt. Dieser letzte Morgen war da schon eine echte Ausnahme, traf aber auch den Nerv und er machte dann auch gleich die ganz große Welle, kaum, dass er die Augen aufgeschlagen hatte.

„Fuck Alter!" schrie er und: „Nee ne, ey ich glaub das nicht!" Er durchwühlte sämtlich Taschen, warf die Sofakissen quer durch den Raum, fasste sich kopfschüttelnd und der Verzweiflung nahe an die Stirn, lief eine Runde im Kreis und fing mit der Suche von vorne an.

„Was ist denn los?", kam Tom hinzu und dachte natürlich, dass sonst was passiert wäre.

„Mein Dope!", Entsetzen in Mertens Augen. „Einer von diesen Pennern hat mir mein Dope geklaut. Das waren locker noch hundert Euro...!"
Da lief Merten auch schon los, schnurgerade und wie aufgezogen in den Schlafsaal der Obdachlosen. War eigentlich schon klar, dass es jetzt richtig Ärger gäbe. Merten weckte dann auch mal eben kurzerhand jeden der widerlichen Gestalten, fünf davon traf er an und schrie gleich auf sie ein. Die waren noch voll im Koma, hatte ja jeder von denen doppelt so viel getrunken wie sie zusammen, einschließlich Merten. Die wussten gar nicht, wovon Merten überhaupt sprach.
„Vielleicht beim Feuer", schlug Tom vor. Konnte aber nicht sein, weil er ja noch einen Guten-Nacht-Stick geraucht hatte. Trotzdem gucken, fünf Minuten suchten er und Tom alles ab, Merten fluchte, das sei dieser verwanzte Typ mit dem Parka gewesen, der hätte gestern schon an ihm wie Taubenscheiße am Autolack geklebt. Ratlosigkeit, dann: „Den knöpf ich mir vor!"
Unmöglich für Tom oder sonst wen, Merten in einer solchen Situation noch zu bremsen. Also hinterher, um wenigstens Schlimmeres zu verhindern.
Eisernes Gesetz der Straße: Wir haben nichts zu verlieren, jeder ist sich selbst der Nächste, aber wenn einer uns blöd kommt, dann halten wir zusammen. Die Penner waren inzwischen auch aufgestanden und haben die Zeit der Suche genutzt, um sich mit einem Wachwerd-Schluck aus der Komastarre zu befreien. Sie waren auch keineswegs bereit, sich von so einem dahergelaufenen Rotzlöffel des Diebstahls bezichtigen zu lassen. Alles eine Frage der Ehre.

Was passiert? Merten ging auf den Typen mit dem Parka zu und ohne lange zu reden, schubste er ihn gegen die Wand. Der Parka machte einen auf richtig empört, schubste zurück und der zahnlose Opa ließ ein Bein stehen. Und noch bevor die Nerven auf die höchste Eskalationsstufe umgeschaltet wurden, stolperte Merten rückwärts an ein paar Altkleidersäcken vorbei Richtung altes Palettenholz, fiel, wollte sich mit der rechten Hand abstützen und bohrte sich einen vorstehenden Nagel mitten in die Handfläche. Das Handgelenk knickte auch noch um.

Merten jaulte auf wie eine Sirene. Die Schlägerei war beendet, bevor sie begonnen hatte, weil Merten eben ein Stück Palette an der Hand hängen hatte und alle ganz hektisch wurden. Hatte ja so keiner gewollt.

Tapfer wie ein Vierteljesus nahm Merten das Holz und dann - wie im Film - zog er den Nagel mit einem Schwung aus der Handfläche. Blutete sofort wie Sau, aber Merten schimpfte immer noch wegen seines Dopes auf die erschütterten Obdachlosen. Zum Glück war die inzwischen wache Anni geistesgegenwärtig genug, aus einem der Altkleidersäcke ein altes blaues Spießerhemd rauszufischen und – wieder wie im Film – Merten die Hand mit schnellen Bewegungen abzubinden. Anni kannte sich eben aus mit Blut.

Via Augenkontakt gab sie dem konsternierten Tom ein Zeichen, dass jetzt ein ganz guter Zeitpunkt wäre zu gehen, weil schlimmer als die Wut der Alkies war nur ihr Mitleid. Gemeinsam schoben sie Merten aus der alten Fabrik. Der wehrte sich zwar, war noch immer aggro wegen der Kiffe, ließ sich aber ins Auto führen. Ohne große Erklärung an Sina und Laura einfach erstmal los und weg von hier. Die Scheiben waren beschlagen.

War ja nicht anders zu erwarten, als dass Merten einen auf total dicke Lederhose machte, obwohl alle ihm die Schmerzen ansahen und das Hemd auch schon ganz durchgeblutet war. Hauptsache einen auf ganz hart machen. Das sei doch nur ein Kratzer, behauptete er, halb so wild und als wäre es tausendmal schlimmer, dass sein Dope jetzt definitiv abhandengekommen sei, weil das hätte er sich doch etwas anders vorgestellt. So schön auf dem Dach des Wolkenkratzers noch einen durchziehen und dann die Augen zu. Zack und Schluss, Exitus.

„Du musst ins Krankenhaus", sprach Sina aus, was alle dachten.

„Ich bin keine vierundzwanzig Stunden mehr am Leben, ich brauche kein Krankenhaus mehr", konterte Merten und damit lag er goldrichtig, klang aber für alle plötzlich ziemlich komisch. Vielleicht weil ihnen auf einmal bewusst wurde, dass es unter den gegebenen Umständen eigentlich keine Normalität mehr gab und Regeln, Konventionen und selbst Gesetze auch keine Rolle mehr spielten. Sie könnten fast alles tun, selbst jemanden umbringen. Es war völlig gleichgültig, sofern sie in absehbarer Zeit selber starben. In Erwartung des eigenen Todes gebärdete sich das Leben als totale Freiheit, und das war wirklich ein Hammer-Gefühl, so als stünde man am Strand und das Meer zöge sich abnormal weit zurück und man wüsste schon, jetzt, gleich, kommt die mega Tsunamiwelle und macht ohne Ausnahme alles platt. Einschließlich einem selbst.

Hätte ja auch gut sein können, dass sie im Anblick der blutenden Hand, die eigene Verletzlichkeit vorgeführt bekommen hätten und sich bezüglich ihres Vorhabens Skepsis verbreitet hätte, war aber nicht der Fall. Im Gegenteil. Die Aufregung am Morgen hatte sie so radikal in ihr Restleben zurückgeworfen, dass es sich fast richtig und schön anfühlte. Auf jeden Fall hatten sie eine ordentliche Portion Adrenalin gefrühstückt und so lässt sich wohl erklären, dass alle eher euphorisch, als skeptisch in den letzten Tag starteten und den Schock mit Freiheit verwechselten. Auffällig war auch, dass keiner so recht etwas zu sagen wusste. Kommunikativ wurde das Auto geradezu ein Vakuum, in dem alle nur mehr oder weniger verträumt aus den Fenstern starrten, als wären da draußen die letzten Bilder einer untergehenden Welt zu sehen.

Gerade weil sich alle Gewohnheit an diesem Morgen relativierte, dachten sie eben nicht an die großen Dinge und die subversive Kraft der völligen Freiheit, sondern an die banalen und alltäglichen Dinge. Selbst Tom dachte in diesem Moment nicht an seine großen destruktiven und dystopischen Ideen, sondern war bei Jott, der ihn sicher schon vermisste und unruhig winselnd durchs Haus lief, weil er ihn heute nicht wecken durfte. Wie hätte er das aussprechen sollen?

Laura durchbrach nach einigen Minuten den Bann: „Wir hätten jetzt Mathe bei Frau Lüber." Anni, die schon fast wieder zu platzen drohte, war geradezu dankbar, dass es Laura genauso ging wie ihr und sie den Mut hatte, es auch auszusprechen. Beide quasselten jetzt wie die Weltmeister drauf los. Und auch wenn ihnen selbst der Gedanke kam, wie oberbanal das Thema war, weil Schule und Bildung auch ohne bevorstehenden Selbstmord vollkommen sinnfrei, nervig und generell Kacke waren, sagte wieder niemand etwas dazu, eben wegen Vakuum und Freiheit, weil ja in absoluter Freiheit auch jeder reden durfte, worüber er wollte.

Merten hatte die Augen zugemacht und stöhnte. Nicht wegen Laura und Anni und dem Geschnatter, sondern weil es ihm echt dreckig ging und er kurz vor dem kollabieren war.

Sina suchte dann auch Blickkontakt zu Tom im Rückspiegel, doch der blickte nur aus dem Fenster, als wäre er kurz vor der Verblödung.

„Wir müssen die Wunde neu verbinden", entschied Sina und lenkte schwerfällig in die nächste Raststätte, voll die Knochenarbeit. Aus dem Kofferraum unter den

Schildern kramte sie den Verbandskasten hervor und kniete sich zu Merten in die Beifahrertür. Merten war echt schon ganz benommen. Sie löste das blutdurchtränkte Hemd von der Hand und das sah wirklich schon ziemlich eklig aus, weil der Nagel sich durch die ganze Handfläche gebohrt und es also von beiden Seiten geblutet hatte. Durch den angeschwollenen Handknochen wirkte alles extrem dick und unförmig und abgesehen von den „Alter" und „lähh" Kommentaren, lag es sozusagen auf der Hand, dass sie ohne medizinische Versorgung nicht weiterfahren konnten. Erstens, weil Merten entweder im Delirium oder gar nicht in Frankfurt ankommen würde und zweitens, weil er in seiner Verfassung nicht mal sein Telefon halten könnte, um mit Ringo zu telefonieren.

Also große Ratlosigkeit, weil Merten ins Krankenhaus fahren ja auch keine Alternative war, da sie Merten a) unter Umständen sofort einliefern und dabehalten würden oder b) der Weg nach Frankfurt heute wieder nicht zu schaffen war, wenn sie weiter vom Weg abgebracht, vielleicht für Stunden im Warteraum einer Notfallklinik verschimmeln würden. Völlig ausgeschlossen war die Variante, Merten einfach in einem Krankenhaus abzuliefern und zu viert weiter zu fahren. Nicht allein weil Merten den Kontakt in Frankfurt hatte, sondern vor allem, weil es eben diese Absprache gab, wonach entweder alle oder keiner springen würde. Sie saßen also alle in einem Boot und im Moment hatte keiner eine Idee, in welche Richtung sie rudern sollten. Hilflos standen sie um die geöffnete Autotür herum und sahen zu, wie die Blutstopfen auf dem versiegelten Boden zerplatzen.

„Er verliert zu viel Blut", beurteilte Anni fachkundig.

„Ich hab Schmacht", stöhnte Merten, dem sie nicht nur sein Zeug gezockt hatten, sondern auch sein Tabakbeutel. Keine gute Mischung.

Laura und Sina gingen dann besser auch erst mal los zur Raststätte, um Kippen zu kaufen. Anni musste auf Toilette und Tom brachte Merten zu einem Waschbecken. Wunde ausspülen.

„Ich will heute unbedingt noch nach Frankfurt", stöhnte der Verletzte wie ein angeschossener Cowboy auf dem Weg zum Yukon. „Und ich will keinen Tag ohne Gras leben", versuchte er einen Witz zu machen.

Sina und Laura waren klug genug, auch an Brötchen, Saft und Schokoriegel zu denken. Kostete zwar ein Vermögen, aber Scheiß der Hund drauf. Und, was noch wichtiger war, sie hatten ein Idee, als sie in der Raststätte vor der Deutschlandkarte gestanden hatten. Laura, die gnadenlos Unorientierte, fiel nämlich plötzlich auf, dass sie ja gar nicht mehr weit von Göttingen entfernt waren und dass dort eine Tante von ihr wohnte. „Also warum Stress machen?", schlug sie vor, „wir können Merten in Göttingen ins Krankenhaus bringen und dann alle bei meiner Tante duschen, Zähne putzen und vernünftig schlafen. Und morgen fahren wir dann ausgeruht nach Frankfurt."

Bis auf Merten, der gerade von Anni die Hand verbunden bekam, waren die anderen gar nicht so abgeneigt, den kollektiven Selbstmord um einen weiteren Tag zu verschieben und es sich noch einmal gut gehen zu lassen. So wie dieser Tag würde doch kein letzter Tag anfangen, argumentierten sie. Zum Glück wurde Merten nach der zweiten Zigarette ziemlich schwindelig, so dass er schließlich von sich aus einwilligte.

Eigentlich war ja ausgemacht, keine Handys mitzunehmen. Tom hatte das verlangt, weil er fürchtete, dass alle dann anfangen würden, sentimentale Abschiedsnachrichten zu verschicken. Die Gefahr sahen die anderen auch und waren einverstanden. Wer sich vom Leben trennt, wird sich ja wohl problemlos von seinem virtuellen Dasein verabschieden können, so das Argument, und wer wollte dem widersprechen? Merten vielleicht, der ließ sich nämlich zunächst erstmal gar nichts vorschreiben und außerdem bräuchte er ja das Telefon, um die Kontaktperson, also um Ringo zu informieren. Merten durfte sein Handy also mitnehmen, aber, so hatten sie es vereinbart, nur im Notfall und zur Kontaktaufnahme benutzen. Wobei Notfall ja ein äußerst dehnbarer Begriff war und ja die Unwissenheit über den Weg beispielsweise auch so eine Art Notfall darstellte. Mal ganz abgesehen von der Radiomusik, die einfach einen Anschlag auf die Nerven ergo Notfall bedeutete und somit für alle auch als gültiges Argument der Handynutzung angesehen wurde. Letztlich war diese Diskussion natürlich sowieso hinfällig geworden, weil sie ja ohnehin spontan am Dienstagvormittag von der Schule geflohen waren und nicht am vereinbarten Freitagmittag und Laura und Anni ihre Smartphones ja jetzt auch nicht einfach wegschmeißen konnten. Mit anderen Worten, sie hatten ihre Handys selbstverständlich bei sich, allerdings waren sie bisher bemerkenswert eisern geblieben, was die Nutzung oder besser die Nicht-Nutzung betraf. Und selbst wenn sie zwischendurch immer mal wieder reflexartig Richtung Hosentasche gegriffen hatten, blieben die *Endgeräte* (Tom) doch überwiegend aus. Nur gestern in der Hildesheimer Innenstadt hatte Laura ihren Eltern eine kurze Nachricht zukommen lassen: 'Übernachte bei Freunden', und damit für allgemeine Belustigung gesorgt, weil sie zu diesem Zeitpunkt noch davon ausgingen am Abend in Frankfurt zu sein und 'Übernachte bei Freunden' doch eine ziemlich abgefahrene Formulierung für 'Selbstmord aus ökologischen Gründen' war.

Jetzt fragte sie sogar um Erlaubnis, ob sie nachsehen dürfte, wie die Telefonnummer der Tante sei und ob es nicht sinnig wäre, die ganze Horde schon einmal telefonisch anzukündigen, denn nur wenn die Tante da sei, würde sich ein Hinfahren ja auch lohnen.

Die Tante war da und, ja, sie freute sich „riesig", wenn Laura und ihre Freunde am Nachmittag zu Besuch kämen. Das war also schon mal geritzt, auch wenn das offenkundig hieß, dass sie heute wieder nicht in Frankfurt landen würden. Und kaum, dass Laura aufgelegt hatte und Merten klar war, dass der Tod ihm heute keine Erlösung mehr bringen würde, er vielmehr die totale Freiheit gegen einen Tag im Krankenhaus eintauschen sollte, da ging es bei ihm richtig ab. Er begann auf der Rückbank mit Laura und Anni jetzt richtig an zu stöhnen und zu zischen, als hätte er eine Gräte verschluckt und bekäme nicht richtig Luft. Alle waren ziemlich besorgt.

„Oha, das hämmert wie ne Zeitbombe", stöhnte er.

„Ne Zeitbombe hämmert doch nicht, die tickt", klug-scheißerte Anni, die noch am wenigsten Mitleid hatte.

„Alter, Scheiße", zischte Merten, „meine Zeitbombe hämmert."

Anni wurde übrigens mit jedem Kilometer den es Richtung Göttingen ging, stiller. Krankenhaus, das war ja für sie die logische Konsequenz einer jeden Vollkrise und sich einem Krankenhaus nähern, ohne vorher eine Krise, einen Streit, Schreiereien oder Beschimpfungen zu haben, war ja wie Musik ohne Instrumente oder wie Feuer ohne Wärme oder wie Blut ohne Rot. Ging halt nicht und gab es halt nicht. Und so war es dann auch nur folgerichtig, dass Anni kurz vor Göttingen wieder richtig in Tränen ausbrach, ohne dass die Anderen auch nur annähernd verstanden, warum eigentlich. Anni wollte allerdings auch mal wieder nicht rausrücken mit der Sprache, und so blieb die Warum-Frage wie so oft ungeklärt und Sina war ziemlich genervt, weil sie glaubte, Anni wolle sich in den Vordergrund drängen. Aber dieses Mal ging es eben nicht um sie und wenn sie uns schon vollheulen würde, dann solle sie doch wenigstens, wie eine Erwachsene sagen warum. Schöne Scheiße! Je mehr Sina schimpfte, umso mehr musste Anni heulen und umso mehr stöhnte Merten.

Sie könne sich nicht auf den Straßenverkehr konzentrieren, brüllte Sina, und sie könnten sich ja mal gerne daran versuchen, mit dieser verfickten Lenkung durch eine fremde Stadt zu lenken, wenn hinter ihr jemand säße, der ununterbrochen heule.

Anni beeindruckte das wenig und erst als sie das Krankenhaus erreichten, verkündete sie unter Tränen, dass

sie Krankenhäuser nicht von innen sehen könne, absolut unmöglich, dass es ihr sehr leid tue, sorry Merten,
aber dass sie im Auto bleiben müsse. Egal wie lange es
dauern würde.

Sina: „Boah, sag das doch einfach."

Merten stöhnte.

Laura und Tom mussten ihn von beiden Seiten stützen
und zur Notaufnahme schleppen.

Es dauert ewig. Das Krankenhaus war riesig und selbst Leute wie Sina, die mit einem einigermaßen funktionierenden Orientierungssinn ausgestattet waren, hätten Kompass und Landkarte gebraucht, um sich darin zurechtzufinden. Dabei war die Notfallambulanz noch ganz gut ausgeschildert. Als sie die Anmeldung endlich gefunden hatten, fiel Merten siedend heiß ein, dass er seine Krankenkassenkarte nicht mit hatte.

„Die hat man doch immer bei sich", meinte Laura.

„Wozu?", hatte Merten sie angeschnauzt.

Laura war dann lieber ruhig geblieben. Zum einen, weil sie keinen Streit vom Zaun brechen wollte, zum anderen, weil ihr wieder einfiel, dass sie ja tatsächlich nicht wegen irgendwelcher stinkenden Krankenhäuser unterwegs waren und man für Selbstmord ja definitiv keinen Versicherungsschutz benötigte.

Sina erklärte der Krankenschwester in gewohnt sachlichem aber eindringlichem Ton das Problem, dass sie unterwegs seien, ohne Eltern, dass das ein Unfall und damit ein echter Notfall sei, dass man seine Krankenkassenkarte schon mal vergessen könne und das doch wahrscheinlich öfter passiere und dass es doch einen Weg geben müsse und sie ja die Eltern anrufen könne und sich vergewissern könne, dass ein Versicherungsschutz vorliege etc. Den anderen wurde ganz mulmig bei ihren Ausführungen. Doch scheinbar funktionierte der Redeschwall oder es kam tatsächlich öfter vor, dass eine Horde Jugendlicher als Selbstmordkommando vor der Anmeldetheke auftauchte, jedenfalls nahm die Schwester Merten ohne Widerspruch auf, er musste nur unterschreiben, dass er für die Behandlungskosten selbstzahlerisch aufkommen würde, falls der Versicherungsschutz nicht im Nachhinein noch nachgewiesen werden würde.

Merten grinste über so viel Zukunftserwartung der Krankenschwester und unterschrieb sofort und eigentlich war das ja auch voll nett, aber eben auch ein gefundenes Fressen für Tom, der jetzt das Nörgeln bekam und sich dafür aussprach, dass der Zugang zu Gesundheit doch am besten gar kein Geld kosten dürfe, dass sowieso zu viel Geld in das Gesundheitssystem gesteckt werden würde usw. usf. Am Anfang waren alle ziemlich dankbar, dass sie ein Thema zum Zeit wegdiskutieren hatten, fanden Toms Haltung allerdings mehrheitlich voll ungerechtfertigt, weil sie doch froh sein könnten, dass es so ein gutes Gesundheitssystem gäbe und schließlich würde Merten ja auch ohne Karte behandelt werden, zwar nicht selbstlos, aber immerhin. Die Meinung änderte sich jedoch als sie Stunde um Stunde in diesem Krankenlabyrinth vor sich hingammelten und irgendwann jeder Arzthelfergehilfe einen Blick auf Mertens durchlöcherte Hand und das angeschwollene Gelenk geworfen hatte. Durchlöcherte Hände schienen voll die Attraktion in Universitätskliniken und Tom vermutete, dass jeder fachkundige Blick sich abrechnen ließe und deshalb alle so begeistert waren. Also das ganze Programm: Erstens, Aufnahme durch die Krankenschwester. Zweitens, Anamnese durch eine weitere Krankenschwester. Drittens, Blutabnahme. Viertens, Assistenzarzt reinigt die Wunde. Fünftens, Röntgen. Sechstens, der nunmehr dritte Arzt untersucht die Nervenbahnen. Siebtens, Gefäßchirurg. Achtens, nähen und verbinden. Jeder mit ein bis zwei Assistenten. „Was das kostet", Merten wusste gar nicht wohin mit seiner Empörung. Abgesehen von den fast fünfzig Euro (unverschämt!) die sie für Kaffee und Essen in der Cafeteria hinlegen mussten.

„Scheiß Kapitalismus", fluchte er. „Ein Tag im Luxushotel ist mindestens genauso teuer."

„Und genauso langweilig", ergänzte Laura und sie musste es ja wissen.

Tom war übrigens zwischendurch beim Auto, um Anni etwas zu Essen zu bringen und da hatte er ziemlich hilflos dagestanden mit dem Käsebaguette und gefunden, dass Anni ein sehr hübsches Gesicht hatte, dass sie sich in den vielen Jahren, die er sie kannte, zunehmend mit Ringen und Knöpfen an Nase, Ohren und Mund verunstaltet hatte, was er in diesem Moment mit dem Käsebaguette und in sicherer Distanz zu der schlafenden Anni ziemlich schade fand. Er hatte dann oberleise die Wagentür geöffnet, ihr das Weißbrot auf den Nebensitz gelegt und war ganz verlegen wieder gegangen. Trotzdem der beste Moment des Tages.

Fünf Stunden und zwanzig Minuten mussten sie warten, dann war dieser Patient, sprich Merten, bis zur Blödsinnigkeit ausgemolken, könnte man meinen. Merten, Sina und Laura quarzten ein ganzes Big Pack in dieser Zeit weg, man konnte kaum ernsthaft behaupten, Merten sei nach diesem Krankenhausaufenthalt gesünder als vorher. Allerdings der Hand ging es besser und seiner Verfassung auch.

Der Nagel sei zwar einmal durch die ganze Hand gebohrt, er habe jedoch großes Glück gehabt, erklärte ihm der letzte Arzt, weil er an sämtlichen Knochen, Sehnen und Nerven vorbeigerauscht sei. Eine Vene habe es erwischt, deshalb das viele Blut, aber das sei halb so wild. Vorsichtshalber habe man ihn gegen Tetanus geimpft (wann war das denn?) und der Kollege habe ja bereits mit ihm gesprochen. Wörtlich:

„Sie sollten für heute Nacht unbedingt hier bleiben, nur für den Fall, dass Komplikationen auftreten."

Merten: „Komplikationen?"

„Ja, es besteht die Gefahr einer Sepsis."

„?"

„Blutvergiftung. Führt zu Fieber, Organversagen und unbehandelt meist zum Tod."

„Na, wenn es weiter nichts ist", freute sich Merten und wollte schon gehen.

„Ich kann Sie so nicht gehen lassen."

„Dann entlasse ich mich selber."

„Da müssten Ihre Eltern zustimmen."

Usw.

Sie sind dann einfach alle abgehauen. Hatten sowieso die Schnauze gestrichen voll vom Warten. Also alle ab ins Auto zu Anni, die wie weggeschossen war, weil sie die ganze Zeit am Handy verbracht hatte. Als sie Tom zwischendurch kommen sah, hatte sie es allerdings schnell versteckt und so getan, als würde sie schlafen.

Laura machte das echt richtig gut mit ihrer Tante. Sie erzählte ihr, dass sie nach Frankfurt wollten, weil sie in Politik eine Studienarbeit über die Europäische Zentralbank schreiben sollten. Sie seien nämlich alle in einer Klasse und im gleichen Politikkurs. Das mit dem Zwischenstopp sei natürlich so nicht geplant gewesen. Sie seien heute Morgen in aller Herrgottsfrühe losgefahren und dann auf einer Raststätte hinter Hannover, sei Merten gestolpert und habe sich ganz unglücklich die Hand verstaucht. Erst hätten sie sich gar nicht viel dabei gedacht, doch dann sei die Hand mehr und mehr angeschwollen, und da war nicht ausgeschlossen, dass sie vielleicht doch gebrochen war. Auf jeden Fall hätten sie natürlich nicht einfach weiterfahren können, und da sei ihnen eben die Idee mit der Tante gekommen. Stimmte ja auch fast alles.

Während die anderen nicht genau wussten, wo sie hingucken sollten, lief Laura zur Höchstform auf. Sie fingierte sogar einen Anruf bei der Mutter: „Ja, Mami, wir sind alle bei Tante Lisa…Nee, war ja so auch nicht geplant…Ja, Merten hat sich die Hand verstaucht, wir waren die ganze Zeit im Krankenhaus….Nein, wir fahren erst morgen weiter…Ja, schöne Grüße zurück, melde mich morgen nochmal…Ja, hab dich auch lieb, tschüüüß.“

Tante Lisa glaubte jedes Wort, was Laura dem Freizeichen erzählte.

Tom litt nicht bloß wegen der Lügen. Die ganze Situation war ja so verlogen, dass es auch egal war. Tom kämpfte die ganze Zeit maximal mit einem Kotzkrampf, weil er sich in dem Haus der Tante so fürchterlich unwohl fühlte. Wobei Haus auch kaum die richtige Bezeichnung war. Lauras Verwandte wohnten etwas außerhalb von Göttingen in einer dieser modernen Bonzenvillen, die jeder Kapitalismuskritik spotteten. Zu zweit! Ein riesiger Luxusschuppen, die Zimmer ließen sich kaum zählen und vermutlich beschäftigten sie eine ganze Armada von Angestellten, die ihnen die Fußböden, die Möbel und überhaupt das ganze stylische und kunstversessene Interieur sauberleckten. In der ganzen Wohnung fand sich nicht ein einziges Staubkörnchen, alles glänzte und blitzte und der Rasen auf dem gewaltigen Grundstück war so glatt und gleichmäßig, als hätten sich alles Grashalme einvernehmlich darüber verständigt bei exakt 3,67 cm aufzuhören zu wachsen. Geradezu unnatürlich sah das aus.

Wahrscheinlich hatte Laura in weiser Voraussicht nicht von der gesamtlackierten Oberfläche des Hauses und deren Bewohnern erzählt, sonst wären nämlich Tom und vermutlich auch Anni und Sina nicht mitgekommen. Das hier war das ultimative Feindbild, das Gegenteil von allem, für das sie einstanden, und zumindest Tom kam sich vor wie ein wandelnder Schmutzfleck auf einem blütenweißen Laken der Unschuld. „Übertrieben Hochglanz", kommentierte Merten, allerdings, ohne sich weiter daran zu stören.

Lauras Tante war übrigens sehr, sehr, sehr freundlich. Geradezu überfreundlich, fand Tom, obwohl ihrem Blick selbstverständlich anzusehen war, wie skeptisch und angeekelt sie war, nachdem diese Horde ungewaschener und stinkender Punks ihre heiligen Gemächer verpesteten. Tatsächlich war ja auch kaum zu verbergen, dass sie die letzte Nacht mehr oder weniger im Dreck verbracht hatten und seitdem hinsichtlich der Körperhygiene und dem Erscheinungsbild wenig Zählbares geschehen war (wenngleich sie auf dem Weg zur Tante in einer Drogerie noch einen ganzen Satz Bambuszahnbürsten gekauft hatten). Tante Lisa war jedoch viel zu bigott, um auch nur ein offenes Wort darüber zu verlieren oder die Nase zu rümpfen. Stattdessen zeigte sie sich in ihrer ganzen hilflosen Höflichkeit als perfekte Gastgeberin, sah man einmal von dem einen kurzen Moment der Schockstarre ab, der ihr durch die Glieder zuckte, als sie die Tür öffnete. In freudiger Erwartung ihrer geliebten Nichte und in Anbetracht dieser Horde, die sie kaum anders als Pack zu bezeichnen wusste. Und das war noch die freundlichste Bezeichnung für diese Personenkreise. Laura überspielte diesen Augenblick allerdings perfekt, indem sie ihrer lieben Tante Lisa sofort um den Hals fiel und schleimte, wie froh und dankbar sie sei, dass sie ihr und ihren Schulkameraden nach diesem anstrengenden Tag die Möglichkeit gäbe, bei ihnen unterzukriechen.

„Danke, Tantchen, schon jetzt, danke!"

Und natürlich haben alle die Situation sofort verstanden und brav genickt, sogar Tom, der, kaum dass er aus dem Auto gestiegen war und das Haus gesehen hatte, sich sofort geweigert hatte, die Bonzenbude zu betreten. Um keinen Preis der Welt. Das sei Verrat!

Es wurde dann jeder einzeln der Tante Lisa vorgestellt, anständig die abgelatschten Schuhe, Stiefel, Docs ausgezogen und sofort im Schuhschrank verstaut. Zimmer gezeigt, nein, Gepäck hätten sie nicht, hätten ja nicht ahnen können, dass das passiert, war ja so nicht geplant bla bla. Sicher würden sie sich nach der Reise gern erst frisch machen. Sie habe bereits Essen zubereiten lassen, erklärte die Tante, sie hätten ja bestimmt riesigen Hunger, so junge Leute, es gäbe Kasslerbraten.

„Lecker", fand Merten.

Tom und Sina wieder kurz vor dem Brechreiz, weil Veganer.

Eigentlich konnte die ganze Szenerie nur eskalieren, die Unterschiede waren einfach zu groß und wenn die einen alles und die anderen nichts (nicht mal ihre Leben!) zu verlieren haben, dann war das wie zwei Magnetpole, die man gewaltsam gegeneinander drückte.

Lauras Tante konnte in ihrer unendlichen Großzügigkeit partout nicht verstehen, wie die jungen Leute (Tom und Sina) nichts anderes Essen mochten, als ein paar Kartoffeln, nur weil der Braten auf dem Kraut gelegen habe, da würde man ja das Fleisch nicht mal mehr schmecken usw. usf.

„Lass gut sein Tantchen", versuchte Laura die Situation zu entspannen, was kaum noch ging, als dann auch noch Onkelchen nach Hause kam. Totales Klischee. Frisch mit dem Flieger von München nach Hannover, weil Geschäfte, Pharmaindustrie, und dann im SUV schnell nach Hause gejagt, alles super gelaufen, viel Geld verdient heute. Man konnte förmlich beobachten wie bei Tom die Stecker gezogen wurden.

„Das ist aber ein bunter Haufen", begrüßte er Laura, küsste seine Frau auf die Stirn und berichtete gockelhaft von seinem Tagewerk, während er sich den Schlips löste und sein Essen gebracht wurde. Alle waren natürlich maximal unbeeindruckt und angewidert, fehlte nur noch, dass er stolz behauptete, dass er die Rechten wählte.

Dann, kaum dass der Hausherr seinen Reisebericht beendet hatte.

Tom: „Ich krieg gleich das Kotzen." Am Tisch! Laut und für alle hörbar.

Alle: Schweigen und abwarten. Schnappatmung.

Keiner wollte so recht glauben, dass er, dass Tom das eben echt gesagt hatte. Merten fing dann an, so komisch provokativ zu lachen. Auch Anni musste jetzt kichern. Sina lächelte ja nie. Doch bevor die Empörung bei den Gastgebern richtig ankam, sprang Laura vom Tisch auf und schlug einen Abendspaziergang vor. Das war unhöflich, sicher, der Onkel, Gastgeber, Hausherr und Bezahler, war ja gerade erst gekommen und hatte noch nicht einmal richtig angefangen zu essen. Aber besser unhöflich, als Eskalation. Sie hätten heute wirklich den ganzen Tag im Auto und in dem Wartezimmer der Klinik gesessen, ohne sich richtig bewegt zu haben, ob Onkel und Tante etwas dagegen hätten, war sie um Freundlichkeit bemüht. Hatten sie nicht, natürlich nicht. Und die Freunde waren ohnehin einverstanden, Merten und Anni, weil sie dringend rauchen mussten und für Tom war es wohl die letzte Gelegenheit, ihn vom Tisch wegzubekommen, bevor er richtig explodierte. Lediglich Sina wollte nicht mit, sie bat, sich zurückziehen zu dürfen, sie sei von der letzten Nach noch müde und habe erbärmliche Kopfschmerzen. Das war nicht mal gelogen. Sina ging es wirklich nicht gut, nur machte sie meist kein Aufhebens davon, sondern wurde immer stiller und zog sich dann irgendwann klammheimlich zurück.

Die anderen liefen bald darauf durch den Ort, pendelten zwischen lachen über Toms Dreistigkeit und fluchen über Lauras Verwandte und all die Heerscharen, die so blind und ignorant drauf waren wie sie. Sie steigerten sich mal wieder voll rein und endeten wie so oft beim Großen und Ganzen und der erneuten Erkenntnis, dass es für den aufgeklärten Menschen kein Seelenheil mehr geben könnte, dass jeder menschliche Schritt der Subversion folgte. Es gab kein richtiges Handeln mehr, nur sehr viele unterschiedliche Abstufungen des Falschen.

Sie jedenfalls wisse jetzt wieder, warum sie unterwegs sei, meinte Anni und da waren sich alle einig. Apropos unterwegs. Ohne, dass sie darauf achteten, steuerte Laura sie zu einem nah gelegenen See, den sie erst bemerkten, als er eingelegt in die Abendsonne unverschämt idyllisch vor ihnen auftauchte und ihnen den Weltuntergang aus den Köpfen riss. Das müsse der Rosdorfer Baggersee sein, meinte Laura. War aber auch scheißegal wie der hieß, weil wichtiger war, dass die Gemeinde Friedland dort ein Schild aufgehängt hatte: Betreten und Baden verboten, und jemand ein Stück Pappe dahinter geklemmt hatte mit der Aufschrift 'Nacktbaden üblich'. Diesen Hinweis hätte es gar nicht bedurft, denn allein die Tatsache, dass es verboten war in diesen flüssigen Sonnenuntergang zu springen, löste bei den Anwesenden gleichermaßen den Reflex aus, es trotzdem zu tun. Außer bei Merten, der ja mit der verbunden Hand nicht ins Wasser durfte und vermutlich seine Lederklamotten ohnehin nicht mehr ausgezogen bekam. Also alle runter an den Kiesstrand, die beiden Mädels sofort raus aus den Klamotten und rein in das klare Wasser, während Tom noch mit seinem Schamgefühl kämpfte. Als die Mädchen dann aber kreischend mit der eigenen Abkühlung beschäftigt waren, riss auch er sich die Unterhose vom Leib und lief hinterher.

Das Wasser war eigentlich für seine Verhältnisse viel zu kalt, aber umdrehen ging natürlich nicht, wenn er nicht blöd und mit Mikroschnidel lächerlich am Strand stehen wollte. Also Augen zu und durch, oder besser rein, die Kälte umschloss ihn wie Beton. Tom machte ein paar unruhige Schwimmzüge, als müsste er sich gegen die Erstarrung wehren, dann gewöhnte er sich langsam an das Wasser und auch Laura und Anni hatten aufgehört zu kreischen.

Der See entfachte seine eigene Dynamik und damit war keineswegs die naturgemäße Anziehung der nackten zur Vergänglichkeit entschiedenen Leiber gemeint, auch wenn das sozusagen der Ausgangspunkt war. Es war ja keineswegs geplant, dass sie an diesem Abend zu viert in einer zwei zu zwei Konstellation und überwiegend nackt in einem romantische Baggersee landen würden. Genauso ist es aber gekommen und da lag es im wahrsten Sinne des Wortes nahe, das Laura, die Frostbeule, nach einer wilden Wasserschlacht fluchtartig den See verließ und Anni und Tom so nackt wie Eva und Adam im Garten Eden alleine zurückließ. Und als die beiden anfangs noch spielend, dann etwas schwimmend, von der Abendröte verführt, plötzlich zeitgleich registrierten, dass das in all den Jahren nicht nur die erste, sondern planmäßig auch die letzte Möglichkeit sein würde, sich nahe zu sein, da überflog den See mit einem Mal eine unausweichliche Sehnsucht. Dieses Gefühl, was beide ja im Geheimen schon einmal gehegt hatten, brach sich in dieser Sekunde Bahn und als hätten sie es in einer ausgetüftelten Choreographie abgesprochen, schwammen sie aufeinander zu, suchten die Stelle, wo ihre Füße im Kies halt fanden und küssten sich auf die tropfenden Münder. Erst schmeckten sie noch das Wasser des Sees, doch je mehr der Geschmack des anderen sich in diesen Kuss mischte, desto gieriger wurden sie. Bis zu diesem Punkt verlief alles ganz erwartungsgemäß, doch dann wanderte Toms Hand im Wasser zunächst die straffe Haut von Annis Rücken herunter, wechselte kurz vor der Hüfte die Richtung und gerade, dass sie sich etwas unbeholfen zwischen ihre Körper bis zu Annis Brust hochschob, stieß sie ihn mit einem Mal von sich, fluchte und schrie, weil sie Tom für genauso abgefuckt hielt, wie die beschissenen Typen von der Schule.

„Notgeil und egoistisch bis in die Haarwurzel!", zeterte sie.

Tom glaubte am Anfang noch an einen Spaß, sah jedoch bald die Wut in ihren Augen und war dann ziemlich geschockt über den krassen Wechsel von Zärtlichkeit zum Zorn. Und ehe er sich versah, sprang Anni wie rasend auf ihn zu, drückte ihn, mit übermenschlichen Kräften ausgestattet, den Kopf unter Wasser, bis, ja, bis Tom ernsthaft keine Luft mehr bekam. Anni ließ einfach nicht mehr los, der Hass von Jahren sammelte sich in dieser Handlung. Sie drückte ihn weiter und tiefer unter die Oberfläche und hörte nicht auf, als Tom schon anfing hektisch mit den Armen zu rudern und partout keinen Boden unter die Füße bekam.

Völlig seltsam. Das Anni von einer Sekunde zur anderen in untröstliches Weinen verfallen konnte, das hatten sie ja schon oft erlebt. Es gehörte ja irgendwie sogar zu ihr, selbst wenn sie immer wieder betonte, wie sehr sie sich dafür hasste, weil sie es einfach nicht kontrollieren konnte und es wie aus dem Nichts über sie kam. Aber Wut? Dabei war ihr Wutausbruch ja schon fast verständlich, sie ließ sich eben von niemandem ungefragt an die Titten grapschen, oder anständiger gesagt, sie ließ sich niemals mehr von jemandem so einfach überrumpeln, auch von Tom nicht. Trotzdem tat es ihr bei ihm schon sehr leid. Er kannte sie so gut und hatte ja trotzdem keine Ahnung und es war eben bisher auch nicht die Zeit, es ihm zu erklären. Vielleicht würden sie diese Zeit jetzt auch gar nicht mehr haben, jedenfalls tat Anni etwas für sie ziemlich Untypisches. Nachdem sie von Tom abgelassen hatte, war sie aus dem See geflüchtet, an den erstaunten Gesichtern von Merten und Laura vorbei, hatte hektisch und schief ihre Klamotten angezogen, um sich dann, von Selbstvorwürfen zerfressen, etwas abseits auf eine Mauer zu setzen und sich auszuweinen, bis auch Tom aus dem Wasser gekommen war und sich angezogen hatte. Soweit war das alles noch Anni, aber dann: Sie entschuldigte sich! Sie verstünde es ja selber nicht, beteuerte sie und es gab keinen Zweifel an der Ernsthaftigkeit ihrer Worte.

So unverzeihlich Tom dem irrsinnigen menschlichen Verhalten insgesamt gegenüber stand, Annis Entschuldigung konnte er problemlos annehmen. War halt Anni, seine Anni und als könnte er gar nicht anders, nahm er sie sofort wieder in den Arm und an die Hand. War alles gar kein Thema, was tatsächlich stimmte und doch nur die halbe Wahrheit war. Denn vielmehr als Annis Wutausbruch beschäftigte ihn, was er selbst gefühlt hatte. In diesen Sekunden, die sie seinen Kopf unter Wasser drückte, er keine Luft mehr bekam. Hätte es ihm nicht völlig gleichgültig sein müssen, dort in diesem dämlichen Baggersee einfach abzusaufen? Wo er doch eh nichts anderes mehr vorhatte?

Natürlich wäre es nicht das politische Statement gewesen, was er sich von seinem Suizid versprach, allerdings war dafür eben ein hohes Maß an Lebensunwillen erforderlich, und so sicher er sich dessen in dieser sinnlosen Welt bisher auch war, die Reaktion seines Körpers war eine andere. Tom hatte schlicht Angst, sein Leben zu verlieren. Als er zu ertrinken drohte und der treue Überlebenswillen sich meldete, war es so ziemlich das Gegenteil von dem, was er plante. Das Dumme daran war, er konnte dieses Angstgefühl nicht in den Griff bekommen. Diese Badeaktion hatte seinen Instinkt geweckt und der ließ sich nicht mehr kleindenken. Selbstverständlich ließ er sich nichts dergleichen anmerken, war, als wäre nichts gewesen, schon wieder ganz bei seinen Freunden. Anni in seinem Arm, Laura bei Merten eingehakt, war es sogar seine Idee, auf dem Rückweg '100 Belege für den menschlichen Irrsinn' zu spielen, also nacheinander Begriffe aufzuzählen, die den Bahn brechenden Wahnsinn menschlichen Handelns zeigten:

Plastik, Vernichtung des Regenwaldes, Kohleabbau, überhaupt fossiler Energie, Atomkraft, Fracking, Mikroplastik („OK, zählt extra"), Vermüllung, Tierversuche,

Digitalisierung, Luftverschmutzung, Klimawandel („Das wir da nicht eher drauf gekommen sind!"), Hambacher Forst, Hungersnöte, Kinderarmut, Kriege, Terror, Megafeuer, Ressourcenverschwendung, Konsumwahn, Geldgeilheit, Frauenfeindlichkeit, Luxus, Homophobie, Diskriminierung, Rassismus, Trumpwähler, Dito Bolsonaro, Dito Orban, Dito Polen, Russland, China, Australien etc., Nationalismus, Riffbleiche, Bodenversiegelung, Überbevölkerung, Sandknappheit, Wassermangel, Insektensterben, Billigfliegen, Folter, Gewalt, Missbrauch (Anni sah Tom verlegen an), Temperaturanstieg, Turbokapitalismus, Hedgefonds, Atomwaffen...

Sie hörten irgendwann auf zu zählen, gingen schweigend weiter, weil die Liste ja doch kein Ende nahm. Sie klingelten bei Lauras Tante und waren ziemlich niedergeschlagen, wollten sofort ins Bett. Nicht noch einmal aufregen heute, und Onkel und Tante guckten ohnehin Fernsehen.

Im Bett, Tom schlief mit Merten in einem Gästedoppelbett im Keller, war die Müdigkeit plötzlich wieder verschwunden, jedenfalls wollten Tom nicht die Augen zugehen. Merten schlief bereits. Er versuchte an seiner achten These zu arbeiten, doch die Ablenkung funktionierte nicht. Dieser Moment der Panik, eingeschlossen mit nichts als dem Tod im Wasser, ließ sich weiterhin nicht weg- oder umdenken. 'Ich will nicht sterben!', hatte es in seinem Inneren geschrien, lauter als je eine Stimme in ihm gewesen war, und dagegen gab es von außen kein Argument. Er, Tom, der diese Aktion, dieses drastische Zeichen erdacht und erst in Gang gebracht hatte, es sozusagen 'ins Leben gerufen' hatte, war sich nun seiner Sache nicht mehr sicher. Statt andere zu bewegen, war er in Bewegung geraten und zwar mehr als ihm lieb war.

Es konnte dann auch nicht verwundern, dass dieser Funke Überlebenswille sich bis in seine Träume hineinschlich und sich selbst dort nicht löschen ließ. So lässt sich dann auch verstehen, warum Tom (hatte er überhaupt geschlafen?) ganz benommen war, als Sinas Stimme neben seinem Ohr auftauchte:

„Tom! Wach auf! Wir müssen hier weg!"

„Was?"

„Wir müssen von hier verschwinden!"

Tom hatte keine Ahnung, wo er war. Wieso also sollte er verschwinden und überhaupt, was machte Sina hier? Sina rüttelte an seinen Schultern.

„Hey, Tom, nicht wieder einschlafen. Mach die Augen auf und hör mir verdammt noch mal zu."

„Was soll der Stress?", fragte Merten genervt, weil widerwillig geweckt.

Langsam dämmerte es auch Tom, dass das kein Traum war.

„Wir müssen hier weg, sofort, ich habe eben ein Telefonat von Lauras Tante mitgehört, sie hat mit Lauras Mutter gesprochen, und wir sind aufgeflogen. Los zieht euch an, wir müssen abhauen."

„Wie spät ist es denn?"

„Halb neun vielleicht. Los macht euch fertig, schnell und bitte unauffällig! Ich sag Laura und Annie Bescheid. Nur das Nötigste machen. In fünf Minuten draußen beim Auto."

Sie waren alle viel zu zermatscht, um zu erfassen oder Sina zu fragen, was eigentlich genau geschehen oder gesagt wurde. Sie hatten einfach ihre zwei Sachen zusammengerafft – die Hosentaschen waren ihr Gepäck – dann waren sie ins Auto geschlichen und konsterniert abgefahren. Hauptsache weg aus der Kunststoffwelt. Alle waren froh, dass Sina fit war und fuhr und sie noch einmal einschlafen konnten.

Sina ließ sie schlafen. Dass die höfliche Tante Lisa („die Votze!") mit Lauras Mutter gesprochen hatte, war ja nur die halbe Wahrheit. Kurz nachdem der Onkel das Haus verlassen hatte, hatte das Telefon geklingelt und Sina, die gerade von der Morgentoilette kam, hatte das Entsetzen sofort wahrgenommen. Wenn das Leben Sina etwas gelehrt hatte, dann, dass sie vorsichtig und misstrauisch sein muss mit dem, was um sie herum passierte, denn die anderen sind es nicht. Sina hatte sozusagen von Kindesbeinen an einen siebten Sinn für dicke Luft und Ärger entwickelt, sie konnte Scheiße durch Wände riechen.

„Mir haben sie erzählt, sie seien auf Studienreise nach Frankfurt, kam mir ja gleich suspekt vor, dieser Haufen, entschuldige Merle, aber wundern tut mich das nicht, was sind das denn für Leute mit denen Laura sich da abgibt?"

Und dann: „Merle, wir müssen die Polizei rufen, die haben doch irgendwas vor, warum sonst diese Lügerei?"

Das mit den Bullen, das mussten die anderen nicht wissen. Besonders Merten hätte das hochgradig auf Touren gebracht, der hätte das Haus nicht ohne Zerstörung hinterlassen, egal wie müde er war. Bei den Bullen anschwärzen ging eben gar nicht. Außerdem reichte ihr schon die Empörung von Laura, wegen ihrer „Scheiß-Spießerfamilie". Sina hätte viel für so etwas wie eine Familie gegeben, war aber nicht so, und jetzt musste sie sehen, wie sie nach Frankfurt kamen ohne Bullenstress. Eines war sofort klar: Über die Autobahn fahren ging jetzt gar nicht mehr, denn wenn jeder beschissene Polizist in Deutschland nach ihnen suchte, war die Autobahn mit ihrer lückenlosen Kameraüberwachung der denkbar schlechteste Ort, um ungesehen zu bleiben. Sina war sich sicher, dass ihr Nummernschild dort in Sekundenschnelle als vermisst registriert werden würde. Richtig kacke war das. Ein Auto klauen ging aber auch nicht, das wäre die letzte Krönung ihres verkorksten Lebens. Zum Glück war das bald vorbei. Aber wenn sie ein Auto klauten, würden sie vermutlich noch schneller in die Mangel genommen, im Moment war ja noch nicht gewiss, ob nach ihnen gefahndet wurde, dann jedoch wäre es Gewissheit. Außerdem waren da noch die alten Reflexe: Sina, ein Ding noch und du bis im Knast, dann wird das nichts mit Schule und eigenem Lebensentwurf. Bullshit. Sie schaffte das Abi ohnehin nicht.

Also erstmal über die Dörfer, aber wo lang? Sie wusste nicht einmal genau, ob Kassel südlich von Göttingen lag, geschweige denn, in welche Himmelsrichtungen Warburg oder Höxter lagen. Sie rang nach einem Hinweis, aber die Schilder benannten nur fremde Orte. Münden, Beverungen das waren bestenfalls Worte aus Google Maps, also absolut nicht erinnerbar und von Existenz nur eine blasse Ahnung. Im Grunde spielte das keine Rolle, weil sowieso alle Menschen gleich waren, ob in Oldenburg, in Berlin oder in diesem verkorksten Korbach, aber zur Orientierung hätte es schon geholfen. Ein Kompass würde ja auch schon reichen, Sina war sich nicht mehr sicher, ob sie die anderen wirklich schlafen lassen sollte. Fuck. Ein Blick aufs Handy und die Orientierung wäre sofort wieder da. Doch nein, sie mussten, und das war wichtig, sie mussten das Handy auslassen. Alle drei, Merten, Laura und Anni. Besser noch sie wegschmeißen, um nicht weiter ortbar zu sein. Ohne weiter darüber nachzudenken, nahm Sina Lauras Handy, 'Rote Laura' stand auf der Hülle. Sie kurbelte das Fenster herunter und feuerte das Ding bei voller Fahrt in die Büsche. Brauchte sie ja sowieso nicht mehr. Laura würde dennoch komplett ausrasten, das war klar, aber die musste sich auch langsam mal entscheiden, ob Tod oder Handy. Und eigentlich musste ihr Sina ja auch nur glaubhaft versichern, dass das Scheißding nie auf dem Armaturenbrett gelegen hatte, dass sie es scheinbar in der Aufbruchshektik bei Tantchen vergessen hatte. Außerdem gab es wirklich Wichtigeres über das sie, Sina, nachdenken musste, zum Beispiel über die Kohle. Genau 104,27 € hatten sie noch, hatte Sina gestern Abend gezählt. Davon mussten sie noch einmal nachtanken, Merten brauchte seine Kippen und das Frühstück hatten sie heute Morgen auch ausgelassen. Ja, sie bräuchten Essen, sonst könnten sie vor Schwäche am Ende die Treppen nicht hinaufkommen, und das wäre doch schade, wenn sie kurz vor dem Ziel verhungern würden. Eigentlich und am liebsten wäre es Sina, wenn sie jetzt erstmal noch einen Tag abtauchen könnten und sich dann morgen, Freitag, wenn die Polizei schon die nächsten 27 Fahndungen auf Ihrer Liste hatte, nach Frankfurt einschleichen könnten. In der Nacht zum Samstag dann zum Tower und Bäng! Dann wären sie auch im regulären Zeitplan, wegen Merten und Suicidal Saturdays und so. Außerdem hätten sie auch heute nicht den Stress über die Dörfer nach Frankfurt zu kutschieren. Merten könnte dann am Abend mit Ringo telefonieren und den Treffpunkt für die nächste Nacht ausmachen. Das wäre mal ein Plan. Eine Perspektive, würde Sina sogar sagen, weil sie ja schon seit Jahren diesem Augenblick entgegen sah: Endlich und endgültig die Bilder ausschalten. Den ewig gleichen Film beenden. Ernsthaft, sie sehnte sich danach, und als Tom dann vor einigen Wochen von einem kollektiven Statement gegen die Klimakrise sprach, war sie sofort begeistert. Nicht alleine und nicht sinnlos sterben, besser ging es nicht, fand Sina und lenkte den Wagen schwerfällig nach Wattenbach, keine Ahnung, wo das lag. So ernst wie sie nahm die ganze Sache eigentlich nur Tom. Die anderen drei waren nur Mitläufer, zumindest glaubte sie das. War aber nicht so, oder besser, war nicht mehr so. Als Tom nämlich die Augen aufschlug, geriet sein Aufwachen zu einem erneuten Auftauchen – er schreckte geradezu auf, holte tief Luft, als wäre er in seinem Traum fast ersoffen. Er brauchte zwei, drei schnelle Atemzüge bis er realisierte, dass er mit den Freunden im Auto saß, dass sie noch da waren, noch fuhren, dass sie noch lebten. Tom war so erleichtert darüber, dass er fast geheult hätte. Ernsthaft, er kam sich vor wie jemand, der das Leben wiedergefunden hatte, nachdem es fast schon als verloren galt. Er fühlte sich wie ein kleiner Junge, der nach ewig langer Suche in der übervölkerten Fußgängerzone endlich seine Mutter wiederentdeckte. Er schloss die Augen erneut, spürte die Kraft des Überlebenden und war sich vollständig bewusst, dass dieses Gefühl im absoluten Widerspruch zur Intention ihrer Fahrt stand. Allerdings ahnte er auch, dass dieser Widerspruch das Potential hatte, sein Gehirn zu zerreiben und soweit durfte es natürlich nicht kommen. Dennoch fiel ihm kein besserer Kompromiss ein, als die Entscheidung für oder gegen das Leben wegzuschieben, zu verdrängen und zunächst einfach alles erstmal mitzumachen.

„Artensterben", sagte Anni, die auf seiner Brust gelegen hatte und durch sein Aufschrecken mit wach geworden war.

„Flüchtlingskrise", entgegnete er.

„Polkappenschmelze."

„Egoismus."

„Gier", sie küsste ihn flüchtig auf die Wange.

So richtig Helau gab es dann, als auch die anderen Bei-den wach wurden. Merten war mies drauf, weil er vor der ersten Zigarette zu nichts zu gebrauchen war und Laura, weil sie natürlich sofort schnallte, dass ihr Handy weg war. Sie war noch keine zwei Minuten im Wachzu-stand der Realität angekommen, da fing sie an, wie blöd nach ihrem Smartphone zu suchen.

„Das gibt es doch gar nicht", stöhnte sie. „Ich hab das doch definitiv eben noch gehabt." Sie drehte sich hek-tisch in ihrem Sitz hin und her.

„Vielleicht unterm Sitz?", versuchte Anni zu helfen und bog sich vor Mertens Knie bis unter die Rückenlehne.

„Alter, gehts noch? Ist doch Scheißegal. Was willst du denn jetzt mit dem verfickten Handy?", entfuhr es ihm grantig und brachte Laura damit erst richtig auf die Pal-me. Es sei eben nicht egal, zeterte sie, weil sie sich nämlich hundertprozentig sicher sei, dass sie es vorhin eingesteckt habe, weil sie nämlich extra noch einmal dafür zurückgegangen sei und selbst wenn sie es jetzt nicht bräuchte, dann wäre es doch schon oberseltsam, dass es jetzt verschwunden sei und sie...

„Vielleicht hast du es tatsächlich liegen lassen und nur geträumt...?"

... an ihrem klaren Verstand zweifeln müsse...

„Boah, das ist ein fucking-scheiß-Handy man!"

„Kann doch sein."

...sie wisse doch, was sie tue...

„Ich kotz im Strahl!"

...und sie sei vorhin extra zum Nachttisch zurückgegan-gen um das Smartphone zu holen.

„Jetzt haltet ihr alle die Fresse!", schrie Sina und für einen Moment war tatsächlich Ruhe im Auto, weil sie diese Lautstärke von der besonnenen Sina nicht kannten. Doch besonnen hin oder her, sie hätte ebenso gut den Stift einer scharfen Handgranate ziehen können, anstatt offen zuzugeben, dass sie das Handy vorhin „entsorgt" habe. Für das Chaos im Auto machte das jedenfalls keinen Unterschied.

„Waaas!", schrien Laura und Anni gleichzeitig, „du hast was?!"

„Ich hab das scheiß Teil aus dem Fenster geschmissen."

Einundzwanzig, zweiundzwanzig, dreiundzwanzig.

Zunächst Fassungslosigkeit.

Merten musste trotz fehlender Kippe kichern, zumindest so lange bis Sina mit den Gründen für ihre unfassbare Tat rausrückte und verlangte, dass alle ihre Handys entsorgen müssten.

Sechsundzwanzig und Explosion:

„Mein Handy...!"

„Scheiß Bullen...!"

„Wie konntest du...!"

„Brauchst du eh nicht mehr...!"

„Du Schlampe...!"

Alle gleichzeitig und alle laut schreiend.

Irgendwann ist Sina dann voll auf die Bremse gelatscht. Mitten in der Pampa, in irgendeinem verkackten Wald im verkackten Deutschland, trat sie einmal voll durch, so dass alle in ihren Sitzen nach vorne flogen und ausgerechnet Laura sich auch noch den Kopf an der Scheibe stieß, weil sie nicht angeschnallt war.

„Hast du jetzt total den Arsch auf?", schrie sie Sina an, kurz davor, ihr die Fresse zu zertrümmern. Sie riss die Tür auf und rannte schreiend in den Wald, und nur Merten konnte der ganzen Szene noch etwas Komisches abgewinnen: „Wer hat denn bei der den Stecker gezogen?" Und: „Ich muss eh pissen."

Dito Tom und Anni. Also alle raus, außer Sina, die bei laufendem Motor noch immer krampfhaft das Lenkrad festhielt.

„Sina?", Tom stand noch in der Tür, „Alles OK?"

Sie nickte.

„Lass uns kurz Pause machen", schlug er vor.

Sina nickte.

„Wenn die Bullen uns suchen, war das definitiv richtig."

Nicken.

Dann, kaum dass Tom die Tür zugemacht hatte, stieg Sina aufs Gas und fuhr davon. Sozusagen wie von der Tarantel gestochen, haute sie einfach ab. Ohne Abschied und ohne Ansage, wohin oder wie lange. Konnte man sich ziemlich leicht ausmalen, was da im Wald los war. Gezeter und Geschrei, als ob die Bäume etwas dafür könnten. Besonders Laura: „Diese fucking Schlampe, diese Bitch!", und das waren noch die harmlosen Flüche.

Auch Anni ziemlich empört, aber mehr verzweifelt: „Die kann uns doch nicht einfach hier im Wald stehen lassen?" Wenigstens hatte sie noch ihr Handy. Aber der Klassiker, kein Empfang und wen sollte sie auch anrufen?

Jetzt war es Tom, der eingriff: „Sina hat Recht, Anni, wir müssen die Endgeräte auslassen. Am besten du schmeißt dein Handy auch weg. Du auch Merten."
Merten hatte noch immer keine Fluppe – außer einen Stummel, den er reichlich platt gefahren, aber noch gut aussehend und mit immerhin drei Zügen, am Straßenrand erblickt hatte. Gleich beim Aussteigen. Sina war abgefahren und ziemlich schnell war sicher, dass sie es nicht bloß als Witz gemeint hatte. Sie ließ sie allein zurück, ohne Tabak, Gras, Bier und Essen, möglicherweise für Stunden. Da hob er die Kippe auf, drei Züge immerhin, es reichte zur Besonnenheit: „Sina kommt wieder", entschied er. „Sie haben Recht, Anni, wir müssen die Handys zurücklassen."
„Never!", Laura war noch krass aufgebracht. „Wir haben abgemacht, dass ich den freien Fall aufnehme. Wir brauchen wirksame Bilder, das waren dein Worte Tom."
„Da wurden wir aber noch nicht verfolgt."
Und dann kam so ein besonderer Anni-Moment. Während Merten und Laura noch diskutierten, hatte sie längst begriffen, dass jetzt der Zeitpunkt gekommen war, um ernst zu machen und den letzten dünnen Draht zu ihrer Mutter abreißen zu lassen. War ja auch klar, dass das kommen musste.
'Momcie, wir brauchen eine AUSZEIT von der Schule. Sitze gerade mit meinen Freunden auf einer Waldlichtung, total schön. Mach dir keine Sorgen und lass sie reden. Bitte informiere auch Laura Wagners Eltern. Machen handyfreie Zeit. Ich muss meines jetzt abgeben.

Hab dich immer sehr lieb gehabt. Muss Schluss machen.'

Absenden und dann ganz rituell vor den Augen der anderen Handy aus, Akku und SIM raus und jedem ein Teil übergeben. Laura die SIM, Tom den Akku und Merten die Aufforderung es ihr nachzutun.

„Wir müssen Ringo anrufen können."

„Dann ruf ihn jetzt an."

„Und was soll ich ihm bitte schön sagen?"

Halbe Stunde Diskussion. Irgendwann war es Merten zu nervig und er wählte Ringos Nummer. Locker wie eine Zange am Starkstromkabel, verklickerte ihm, dass sie sich jetzt auf den Weg machen würden, ja, er und vier Freunde, ja auch Mädels, die erste Nacht in, äh äh äh, Göttingen und Freitag dann nach Frankfurt, ja genau, eigentlich erst Samstag, würden aber jetzt gern Freitag, also besser Samstag ganz früh, sozusagen, OK?, super, also dann Freitag Nacht 1 Uhr vorm Eingang, ja, würden sie schon hinfinden, und danach noch Bier.

Nach einer halben Stunde kamen die ersten Zweifel auf, ob Sina tatsächlich wiederkäme. Besonders bei Anni, die ja immer zweifelte und bei Laura, die Sinas Verhalten zwar weiterhin nicht richtig fand, sich aber die Schuld gab, dass die anderen darunter zu leiden hatten. Insgesamt machte der Wald sie allerdings ziemlich friedlich, fast schon sentimental. Merten streunte durch die Gegend und tauchte nach einer halben Ewigkeit plötzlich zwischen den Bäumen wieder auf mit einer Kippe im Mund. Anni, die bis dahin neben Tom und mit Lauras Kopf im Schoß gegen einen Baum gelehnt dagesessen hatte und über Sinn und Unsinn der ganzen Aktion nachgedacht hatte („Wir sind die Guten, wäre es da nicht logischer, dass wir am Leben bleiben"), war sofort aufgesprungen, um Merten anzuschnorren. Das durfte wirklich nur Anni, und natürlich gab Merten ihr eine. Filterzigaretten, eine ganze Packung.

„Ihr wollt gar nicht wissen, wo ich die herhabe", protzte er und legte sich der Länge nach auf den Waldboden, den Kopf gegen eine Erhöhung gelehnt, gleich die nächste Zigarette im Mund. Wollten die anderen tatsächlich nicht wissen, denn es war natürlich klar, dass er sie mitten im Wald und ohne Geld kaum legal irgendwo erworben hatte. Wahrscheinlich einem Wanderer abgezogen, oder so, Schmacht machte erfinderisch.

Jetzt könne Sina sich auch Zeit lassen, saugte er genüsslich am Filter und begann dann ungehalten einfach draufloszureden. Ökokamikaze, geiles Wort sei das und es brächte doch ihre Aktion ziemlich genau auf den Punkt. Aus der Gewissheit heraus im Kampf für eine richtige Sache zu sterben, das sei doch so viel besser, als sich von Empörung zu Empörung, von einem Schreck zum nächsten zu hangeln und dem stetigen Wahnsinn zuzusehen, oder? Das Leben sei doch viel zu schade für ein ohnmächtiges Dahinsiechen, dann lieber im Handeln sterben und dem misslungenen Evolutionsprojekt den Spiegel vorhalten, oder? Oder? Oder?

Bald erkannten sie nur an Mertens Gequatsche, dass noch Zeit verging. Reglos stand der Wald über ihnen, grün und frisch und zeitlos. Nach zwei Stunden schlug das fehlende Frühstück, sprich der Hunger durch und Anni und Laura machten sich auf die Suche, vielleicht würden sie ja irgendwo Kräuter oder Beeren finden. Merten rauchte noch immer („Das ist R6, da muss ich selbst ohne Filter die doppelte Menge rauchen, um einigermaßen klar zu kommen"). Tom hatte sich längst abgewendet, um an seinen acht Thesen zu arbeiten. Zumindest tat er so, weil ihm diese scheiß achte These einfach nicht einfallen wollte, im Gegenteil, seit gestern Abend war das Leben nicht mehr schrecklich, sondern schön und verletzlich, und selbst wenn die anderen sieben Thesen dadurch nichts an ihrer Richtigkeit verloren hatten, war das Leben immer noch zu wertvoll, um es zu beenden. Andererseits konnte er ja sein Projekt jetzt auch nicht 'Sieben Thesen sich sofort umzubringen und eine es nicht zu tun' nennen. Dann könnte er es auch gleich ganz sein lassen. Diese verfluchte achte These, wie eine Sanduhr stand die Acht in seiner Kladde und dahinter weißes Nichts auf weißem Papier. Minutenlang blöde angestarrt.

„Ich hab noch nie."

„Was?"

„Ich habs noch nie gemacht."

„Was hast du noch nicht gemacht?"

„Alter, Tom, bist du wirklich so schwer von Kapee. Ich habe noch nie mit einer Frau geschlafen."

Tom sah ihn überrascht an. Er versuchte es mit einem Witz:

„Und soll ich dir jetzt einen blasen?"

„Idiot, Alter!"

Tom verstand zu gut, warum Merten ihm das erzählte. Er hatte zwar schon Freundinnen gehabt, wusste aber selbst kaum, wie er in Anbetracht des sich nähernden Endes seine Finger von Anni lassen sollte. Allerdings hatte er auch keine Idee, wie er auf das Geständnis seines Freundes reagieren sollte. Zum Glück kamen Anni und Laura wie zwei Rotkäppchen aus dem tiefen Wald. Sie hatten eine alte Flasche bei sich.

„In jedem gottverdammten Wald findet sich noch ausreichend Müll, um zu überleben", verkündeten sie stolz. Die PET-Flasche hatten sie in einem Bach gründlich ausgespült und mit frischem Wasser aufgefüllt. Tom und Merten tranken das Wasser wie Bier, hatten richtig fetten Durst.

„Geil!", fand Merten und wollte wissen, wo der Bach lag und irgendwie war allen sofort klar, dass Laura es sein würde, die ihn zum Bach führen würde. Kritische Situation.

„Was war da gestern Abend am See eigentlich los mit dir, du hättest mich beinahe ertränkt." Für diesen ersten Satz brauchte Tom eine halbe Ewigkeit, eierte nach dem Gespräch mit Merten vollständig rum, und da stand Anni gar nicht drauf, weil sie dann selber so schrecklich unsicher wurde. Also schon ganz genervt: „Tom, was ist los mit dir?"

Dann endlich dieser erste, aber immerhin ehrliche Satz. War natürlich für Anni nicht ganz leicht zu erklären, warum sie gestern ausgerastet war, war ja wirklich voll schön eigentlich. Anni bekam halt immer das kalte Kotzen, wenn ihr jemand an der Brust rumfummelte. Bilder im Kopf. Tom müsse das verstehen. Dabei könne sie sich, also wie sollte sie das jetzt sagen, also eigentlich könne sie sich ganz gut vorstellen, dass Tom, na er wisse schon, dass er sie berühre, also wenn überhaupt jemand, dann er, aber er müsse es erst hundertprozentig wollen und eben nicht so auf die Schnelle und nur mal eben so schnell rüber, nur ficken, ob er das verstehen könne?

Konnte er.

Und da kam plötzlich dieses eigenartige Glück um die Ecke, weil sie sich umarmten und sich unter den Blättern der Bäume alles so episch anfühlte, zumindest solange, bis Tom das Herz in die Hose rutschte und er mit aller Gewalt dagegen ankämpfen musste, einen hoch zu bekommen. Gelang auch nur sehr mäßig, aber wenigstens merkte Anni nichts davon. Er war dann aber doch erleichtert, als Laura und Merten kichernd wie die Grundschulkinder vom Bach zurückkamen. Beide irgendwie ganz turtelig.

Fast dreieinhalb Stunden blieb Sina weg, und es gehörte zur Ironie dieser Aktion, dass ihre ganze Planlosigkeit am Ende doch zu einem planvollen Ganzen, sprich, zur Zufriedenheit aller Beteiligten zusammenlief.

Sina hatte wirklich an alles gedacht. Brot, Aufstrich, Bier, Tabak und Schokolade. Es wurde ein richtiges Picknick als sie wie zufällig aus der gleichen Richtung wie am Morgen mit dem Renault die Straße hinauf kam und Merten, als wäre sie nur mal eben kurz weg gewesen, ohnehin nach ihr schaute. Schwerfällig lenkte sie den Wagen in den nächsten Waldweg und dann alle richtig mit Kohldampf ran an die Tofu-Buletten. Voll das Partybuffet und genau so war auch die Stimmung. Als wäre nie etwas gewesen. Und Sina hatte noch ein paar Überraschungen im Gepäck, die vielleicht noch wichtiger waren als Schokoriegel und Tofu. Sina hatte einen Plan. Sie hatte eine Bibliothek aufgesucht und dort den Landweg nach Frankfurt rausgesucht, über die Wetterau wollten sie nach Oberursel. Dort habe sie ein Zimmer reserviert, in einer Pension für zwei Personen, aber mit fünf Betten. Sie würde sich dort mit Merten einmieten und die anderen dann reinlassen. Die letzte Nacht, diesmal ohne Stress. Dann am nächsten Morgen Frankfurt, getrennt natürlich und dann – Zack – große Aktion. Merten erzählte dann stolz wie Bolle, dass er – als hätte er es geahnt – Ringo angerufen und sich für die Nacht von Freitag auf Samstag verabredet hatte. Und - wie das alles passte - sie danach die Handys vernichtet hätten.

Satt, organisiert und einig. Alle wurden jetzt ganz ruhig und zufrieden, einige sogar glücklich, so mitten im sonnigen Wald, also quasi mitten im Leben.

Anni weinte. Nach dem schönen Moment im Wald folgte das Elend, war ja immer so bei ihr. Anders war jedoch das bevorstehende Ende, und als sie sich bewusst wurde, dass dem soeben erfahrenen Glück gar kein Elend mehr folgte, dass es vielmehr den Zustand beschrieb, in dem sie der Ewigkeit entgegentrat, konnte Anni gar nicht mehr sagen, ob sie nun vor Glück, aus Angst oder aus purer Gewohnheit weinte. Jedenfalls war es ein Weinen ohne Schmerzen, eher ein seliges Weinen. Als Anni weinen musste, da saßen sie schon wieder im Auto Richtung Oberursel. Wenigstens war Tom an ihrer Seite, trotz der Heulerei.

Schwer zu sagen, was Laura am Bach mit Merten angestellt hatte, aber der war echt wie aufgezogen, wollte sich totlachen über Oberursel, weil das ja klänge, wie das weibliche Pendant zu Oberkevin. Oberursel und Oberkevin, seltsamerweise fand Laura das auch komisch, obwohl Merten das gefühlte hundert Mal wiederholte.

Nur Sina war ernst wie immer. Festgekrallt am wenig funktionstüchtigen Lenkrad, starrte sie auf die Ortsumgehung von Friedberg, man hätte ihr beim Denken zuhören können, wenn nicht alle anderen um sie herum so sehr mit sich selbst beschäftigt wären. Abzüglich der Unterkunft und den Bahnkarten, rechnete sie, blieben jedem noch 5,73€ für den morgigen Tag zur freien Verfügung. Dann war das Geld endgültig aufgebraucht.

Kurz vor Oberursel schwor Sina die selbsternannten Ökoterroristen noch einmal auf das weitere Vorgehen ein. Laura, Anni und Tom sollten solange im Auto sitzen bleiben, bis Merten oder sie sie abholten.

„Alles, was wir tun, tun wir gemeinsam, auch wenn wir unterschiedliche Wege gehen", erläuterte sie salbungsvoll. Da habe Sina ja mal den ganz großen Schmalztopf rausgeholt, kommentierte Laura ihre Ansprache, nachdem sie den Renault in einer Nebenstraße in Oberursel abgestellt, mit Merten die Transpies und Flugblätter in die Schultasche gestopft hatten und losgestiefelt waren. Sinas schwarze Klamotten und Mertens Lederkluft ließen sie tatsächlich seriös, auf jeden Fall älter aussehen. Mindestens 25.

Anni und Laura kicherten. Tom war wiedermal woanders, suchte noch immer nach der achten These. Klang aber alles ziemlich holprig und lautete sinngemäß so: Wenn es stimmte, was Wissenschaftler derzeit behaupteten, dass sich in acht Jahren die Klimaziele nicht mehr erreichen ließen, dann dürfe sich das Gute sehr wohl vorher umbringen, weil das Schlechte ja schon auf der Siegergeraden wäre und der Selbstmord eher einer Selbstverteidigung gleichkäme oder wenigstens einem Ausweichen der Katastrophe. Er müsste dann wenigstens nicht dabei sein und im Ergebnis wäre es ja doch das gleiche, nur ohne den Horror der Flüchtlinge, der Zerstörung, dem Aus- und Absterben, dem Elend, der Not und dem Mangel. Zuvorkommen hieß das Zauberwort, die Schale mit dem Guten auf der Lebenswaage bewusst zu leeren, als menschliche Entscheidung, um die Qualen für das Leben insgesamt gesehen nicht zu erhöhen. Wenn etwas ohnehin stattfinden würde, dann war der Selbstmord doch nur ein Weltuntergangsbeschleuniger und der Tod überkam einen nicht mit all seinen Qualen, sondern war im Kern eine freie Entscheidung.

'8. Um den unabwendbaren Weltuntergang zu beschleunigen', hätte Tom in seine Kladde schreiben können, er war aber auch damit nicht zufrieden. Wenn da bloß nicht dieses Ding mit Anni wäre! Die Oberkomplizierte. Hatte sie nicht ein Anrecht darauf, es in den nächsten 17 Jahren schön zu haben, nachdem die ersten so scheiße waren. Fing nicht gerade jetzt zum ersten Mal in ihrem Leben ein Abschnitt an, der sie aus dem beschissenen Bisher rausholte und war nicht er, Tom, derjenige, der ihr diese Perspektive geben konnte und vor allem wollte. Es war vertrackt, innerhalb von vierundzwanzig Stunden waren ihm sowohl die Gründe entfallen, noch wollte er das Leben verlieren. Zum Glück kam Merten schneller als erwartet zurück und befreite ihn von seinen quälenden Gedanken.

Die Pension sei eher eine kleine Ferienwohnung, berichtete er, mit separatem Eingang und Vermietern, denen es piepegal sei, wer sich für das Zimmer interessiere. Sina meinte jedoch, sie sollten trotzdem besser einzeln kommen, um als Gruppe kein Aufsehen zu erregen.

Da es leicht zu finden war, gingen erst Merten und Laura und nach zehn Minuten Geknutsche im Auto kamen Tom und Anni hinterher. Hand in Hand und mit leichtem Gepäck. Hatte ja auch längst jeder mitbekommen, dass zwischen ihnen was lief. Deswegen auch Mertens dämliches Augenzwinkern, als er ankündigte, dass er mit Laura und Sina gleich noch einmal losginge, um Alk zu kaufen. Sie würden alle einen Euro von ihrem Restgeld dazu steuern, was mit Tom und Anni wäre. Anni war sofort einverstanden und Tom eigentlich auch.

Sie duschten, aßen das restliche Toastbrot und dann machten die drei sich auf den Weg. Merten voll offensichtlich bemüht, Tom und Anni Zeit zu verschaffen. Dabei war den beiden ja längst klar, dass das jetzt die letzte Gelegenheit war, um Sex zu haben, zumindest in einem Bett und ungestört. Und obwohl das alles etwas absichtsvoll und gewollt war, war es dann trotzdem sehr schön. Zärtlich durfte Tom sogar Annis Brüste berühren und sie fühlten sich an, als wären sie aus Porzellan. Anni mochte das Wort nicht, aber so 'einfühlsam' hatte sie bisher noch nie jemand behandelt. Sie war richtig selig danach. Sie würde morgen nicht fallen, meinte sie in seinem Arm liegend, sie würde fliegen, wie ein Engel, und alles Glück der Erde mitnehmen.

Lange währte die Seligkeit nicht. Merten hatte nämlich ganz schön schlechte Laune, als sie von ihrem Beutezug nach Hause kamen und drei Weinflaschen auf den Tisch stellten. Eine Flasche hatten sie als Wegzehrung bereits getrunken, also eigentlich kein Grund für schlechte Laune. Aber Sina war halt sauer und dann auch laut geworden, weil die beschissene Tankstelle voll mit Kameras waren und Laura und Merten, „in unserer Situation!", nichts Besseres zu tun hatten, als sich in den Shop zu schleichen und noch zwei Flaschen mitgehen zu lassen, während Sina den Verkäufer wuschig geredet hatte. Merten und Laura hatten das halt völlig falsch verstanden. Anstatt still hinter der Hausecke zu warten und zu knutschen oder so, klauten die Idioten in einer völlig überwachten Tankstelle in Oberursel zwei Flaschen Wein und gefährdeten damit die ganze Aktion. Selbst wenn sie das schon hundert Mal gemacht hatten. So richtig Lust auf schlechte Laune hatte an diesem letzten Abend aber keiner. Es dauerte also nicht lang, bis alles vergessen war und sie sogar darüber lachen konnten, dass das Gespräch zwischen Sina und dem Kassierer nicht dessen, sondern ihrer Ablenkung galt und wie der sich umdrehte, mit Sinas Blick auf seinem Arsch, und sie dann im Augenwinkel auf dem Monitor hinter dem Tresen, Merten und Laura zwischen den Regalen hin und herhuschen sah. Merten hat dann kurz vor dem Ausgang auch noch die Flaschen aneinander klacken lassen, was für ein Anfängerfehler! Egal, aber Sina hat ja dann erstmal voll auf grantig gemacht und hatte natürlich wenig Zweck, sie vor der ersten Flaschenhälfte von etwas anderem überzeugen zu wollen.

„Bisher haben wir uns nichts zu Schulden kommen lassen", machte Merten sie nach, „und nichts Verbotenes getan, was zwar ungefähr dasselbe ist, aber tatsächlich einen großen Unterschied macht, wenn man von der Polizei gesucht wird. Prost Sina!" Wenn Sina trank, konnte sie bis zu einem gewissen Punkt sogar über sich selber lachen.

Betäubung war die radikalste Art der Wirklichkeit zu entfliehen, um ihr nach dem Erwachen mit noch mehr Ekel und Abneigung zu begegnen. Anni wollte deshalb an diesem Abend gar nicht trinken. Einen ganzen Tag ohne Gras und Alkohol, das war schon die zweite Besonderheit an diesen Tag und ihr persönlicher Rekord. Nein, Anni wollte nüchtern bleiben, vor allem für den letzten Morgen. Der Morgen sei eine aussterbende Art, meinte sie und wollte extrem früh ins Bett. Tom nahm sie mit, was ihm ganz Recht war, weil er auch keinen Bock auf saufen hatte und keine zwei Gläser schaffte. Außerdem mussten sie morgens um zehn aus der Wohnung verschwunden sein, und es war gar nicht so verkehrt, wenn einer den Weckdienst übernahm , bevor der Vermieter kam.

Blieb Summa Sumarum für jeden der Übriggebliebenen eine Flasche Wein, wenngleich auch den Verbleibenden relativ schnell klar wurde, dass die eigentliche Feier erst morgen begann, weil Selbstmord ja sozusagen die Steigerung von Betäubung war. Nachdem sie also artig ihre Flaschen ausgetrunken hatten, äußerte sich der Wunsch nach mehr, auch weniger im Weitersaufen, als vielmehr im Schlafen. Besoffen genug waren sie allemal. Für die letzten Minuten des Abends ließe sich jedenfalls von keinem der Drei belastbares Zeugenmaterial heranführen, wollte ohnehin keiner genau wissen, wie der Abend endete. Als Anni am letzten Morgen durch das Zimmer schlich, lag Merten zwischen Laura und Sina. Viele Klamotten hatte er nicht mehr an, was ganz ungewöhnlich war, Sina lächelte im Schlaf.

Seit die Handys aus waren, war das mit der Zeit keine so leichte Sache mehr. Es war früh, als Anni wach wurde, so früh, dass es noch graute. Anni wachte auf, und es war wie ein Schweben, weil der Arm auf dem sie lag, so viel Sicherheit versprach. Mehr als sie je zuvor kannte, und es würde ewig sein. Heute würden sie in die Unendlichkeit springen, sie schob sich noch tiefer in Toms Arme hinein, vielleicht noch 18 Stunden, dann würde es für immer so bleiben.

Tom war längst wach, als sie seine Hand nahm und über ihre Brust streifen ließ. Allerdings hatte er die Augen geschlossen. Nur ein Mal. Warum bloß hatte sie das zur Bedingung gemacht. Er hatte es versprochen und würde sich sicher daran halten.

Was blieb Tom jetzt anderes übrig, als sein Aufwachen zu simulieren, aus dem Bett zu springen und dringend auf die Toilette zu müssen? Er riss die Augen geradezu auf, bevor Anni weiter ihre Brust mit seiner Hand streichelte und er es nicht mehr aushalten würde. Unmöglich noch einmal in das Schlafzimmer zurück zu gehen und sich zu ihr zu legen, ohne sie gleich noch einmal zu bespringen. Tom wusste sich nicht anders zu helfen, als sich klammheimlich aus der Wohnung zu schleichen. Ohne sich von Anni zu verabschieden. Er ging einfach los, die Sonne war noch nicht einmal aufgegangen.

Ging Richtung Wetterau. Als sich die anderen langsam aus den Betten quälten und sich um zehn Uhr trennten, war Tom, sehr zum Entsetzen von Anni, ohne Verabschiedung schon über alle Berge. Nur mit Mühe gelang es Anni, sich einzureden, dass daran nichts falsch war. Nur ein Mal und die letzten Stunden gehören jedem allein, so war es abgemacht. Dass Tom daraus 18 Stunden machte und sich nicht verabschiedet hatte, war vielleicht nicht ganz fair, aber kein Verstoß gegen die Abmachung.

Wenn einem nur noch wenige Stunden blieben, so sollte man meinen, dann wäre jeder Augenblick fürchterlich intensiv, totales Erleben vor dem Ableben sozusagen, weil ja jede Sekunde kostbar und absehbar begrenzt erschien. War aber nicht so. Im Gegenteil, ohne den nächsten Morgen wurde alles so was von langweilig, weil ja alles ohne Folgen blieb. Was Schönes erleben – wozu? Noch was Besonderes machen – für welche Erinnerung? Vielleicht noch einmal was Tolles kaufen (ohne Geld?) - egal, brauchte ja ohnehin niemand mehr. Und ohne Handy ging nicht mal richtig verabschieden. Hölle für Laura.

Angst, nein Angst hatte keiner, weil es ja doch gleichgültig war, ob sie die nächsten 14 Stunden oder die nächsten 14 Jahre überlebten. Sie wären dann eben nicht mit dabei, wenn der große Kreisel käme und die Elemente verrührte. Angst hatte man nur, wenn es keinen sicheren Ort mehr gab und das traf ja auf den Tod nicht gerade zu. Sicherer als der Tod ging gar nicht und eigentlich war es daher ja auch genau umgekehrt, weil sie keine Angst haben wollten, gingen sie ja diesen Weg. Tom Richtung Wetterau, entgegengesetzt und vom Zweifel angenagt. Echt, was der sich für Fragen stellte, als er über Wald, Wiesen, Felder und Landstraßen marschierte. Singen die Vögel noch immer das gleiche Lied wie vor tausend Jahren?, zum Beispiel. Mit den ganzen Autos, den eingeschleppten Insekten, den völlig veränderten Landschaften würden die sich doch gar nicht mehr verstehen. War doch wie beim Menschen, auch der würde kein Wort mehr verstehen, wenn ihn jemand in Mittelhochdeutsch vollquatschen würde.

Oder auch sehr schön: War das, was um ihn herum (sprich: Natur) geschah noch normal?

In so einer Frage steckte für Tom extrem viel Panik, weil er bei allen Veränderungen und Umwandlungen keinen blassen Schimmer hatte, ob das noch richtig und natürlich ablief. Es fehlte ihm allerdings auch der Vergleich. War die Anzahl der Insekten genauso wie in seiner Kindheit? Schien die Sonne wirklich heißer als bei seiner Geburt? Wirkte ja alles irgendwie ziemlich in Ordnung und doch hieß es, nein, lieber Tom, so wie es war, sah unkontrollierte Veränderung aus. Es gelang ihm nicht, das richtig einzusortieren. Am Schlimmsten war, dass er jeden Moment damit rechnete, dass der erste Dominostein kippte und daraus die ultimative Kettenreaktion folgte. So eine Art unaufhaltsame und finale Lawine der Umwälzung, der unumkehrbare Kollaps eben, das Chaos der schreienden Welt, die universale Zerstörung oder weiß der Teufel was. Jedenfalls endeten seine Antworten immer und ständig bei so einem Szenario, und Tom konnte halt die Fragerei in seinem Kopf nicht abstellen. Gehört diese Blume hierher? Ist das vielleicht der letzte Schmetterling seiner Art? War sein nächster Schritt schon das Zünglein an der Waage? Echt, Tom hatte die Vorstellung, dass das Aufheben eines Steines oder das Abbrechen eines Astes, das Fass zum Überlaufen brachte und es der gestressten Erde damit zu viel wurde und sie dann mit dieser an sich unbedeutenden Handlung ihr natürliches Gleichgewicht endgültig verlor. So wie Alles und Jeder, das immer nur aufs Übelste getreten, benutzt und verbraucht würde, irgendwann einfach kaputt ginge. Zerstörung und Tod als letzte natürliche Reaktion sozusagen. Wenn das für alles auf der Erde galt, dann galt das doch für die Erde selbst genauso, oder?

Ganz schön getrieben, dafür dass die Sonne so friedlich über die geschwungenen Felder in das Grün hinein strahlte. Und dann folgendes: Ein Hund stand mitten auf dem Feldweg, Deutscher Drahthaar, und Tom dachte tatsächlich für eine Sekunde, es wäre Jott. War es natürlich nicht, aber im ersten Entdecken hätte man das schon meinen können. Tom blieb erstmal kurz stehen, trank etwas (Plastikflasche Wasser), beobachtete das Tier, was alleine mitten auf dem Feldweg stand. Auch der Hund fand den aufkreuzenden Wanderer nicht uninteressant, und so bewegten sich beide aufeinander zu, beschnüffelten sich (Hund bei Tom) und streichelten sich (Tom bei Hund) und mochten sich. Typisch Tom, redete jetzt mit dem Tier als wäre es Jott. Wuschelte ihm über den Kopf und hockte sich runter auf Augenhöhe.

Da war eigentlich schon klar, dass er den zwölf Uhr Treffpunkt in Frankfurt nicht mehr einhalten wollte, ohne dass Anni davon wissen würde. War ja auch nicht verpflichtend, ging ja auch nur darum sich die Fallhöhe anzusehen und zu vergegenwärtigen und natürlich die anderen in der Nähe zu wissen.

Ganz schön hoch so ein Wolkenkratzer! Fürchterlich! Durfte man gar nicht drüber nachdenken und zumindest Anni gelang das auch ganz gut. Aber nur, weil sie

Scheiß-Tom vermisste, wieso ließ der Hurensohn sie gerade jetzt im Stich?

Anni war mit Laura und Merten mit dem Bus von Oberursel nach Frankfurt gefahren. So als würden sie sich nicht kennen. Ohne ein Wort zu wechseln und jeder einen eigenen Sitz. War ebenso abgesprochen, um nicht als Gruppe wahrgenommen zu werden.

Dann in Frankfurt im Gedränge der Innenstadt war das scheißegal. Sina hatte zwar was anderes verlangt („Höchstens zu zweit"), aber bei dem Trubel bekam das ohnehin keiner mit, und am wenigsten Sina. Also sprachen sie auch wieder miteinander, fanden die Stadt zum Kotzen, groß und schmutzig, geradezu ekelig. Nur Merten fand es gar nicht so übel, überall Alkohol und Drogies, im Prinzip ein Paradies für die letzten Stunden. War wahrscheinlich ein großer Vorteil, dass sie und insbesondere Merten, kein Geld mehr für so einen Quatsch hatten.

„Hier gehst du echt keinen Schritt, ohne dass es dich Geld kostet", fluchte Merten und haute ein paar linke Ungerechtigkeits-Floskeln heraus. Nachdem er dann mit seinem Restgeld nichts Besseres zu tun gewusst hatte, als davon drei Halbe Dosenbier zu kaufen, waren Anni und vor allem Laura schon ziemlich genervt. Irgendwie hatten sie beide geglaubt, die letzten Stunden könnten auf besondere Weise mit den Jungs besonders intensiv werden. War aber ein Trugschluss. Statt verklärter Romantik, ließ der eine sich nicht blicken und der andere soff Bier und war darüber begeistert, dass er definitiv am nächsten Morgen keinen Kater haben würde. Es wurde Anni und Laura bald zu viel und nebenbei bemerkt auch ziemlich peinlich, weil Merten wieder mit seinem Gelaber vom Waldbach anfing. Wie schön es dort gewesen sei, mitten in der Natur, dass klare, kühle Wasser und die rauschenden Bäume usw. usf.

„Welchen Bach, ich weiß nicht, welchen Drecksbach du meinst", fuhr Laura ihn an und das war kränkungsmäßig eine echte Hausnummer. Und das so kurz vor dem Tod.

Anni war jetzt wieder so nahe am Wasser gebaut, dass ihre Tränen einen bedrohlichen Beitrag zum Meerwasserspiegelanstieg darstellten. Doch dieses Mal wollte sie stark sein. Wenigstens dieses eine letzte Mal. Sie ging zu einem Bäcker, kaufte sich zwei Vollkornbrötchen, weil die am längsten vorhielten und dazu Wasser, weil es den Durst am besten löschte und versuchte sich ganz auf rationales Denken zu konzentrieren. Besonnen bleiben. Sie bat die Verkäuferin um ein Blatt Papier und einen Stift und bat beides behalten zu dürfen. Dann setzte sie sich an den Main, wo im Sekundentakt Läufer, Fahrradfahrer und Spaziergänger an ihr vorbeiliefen, jetzt bloß nicht noch alleine sein. Nein, diesmal würde sie nicht weinen, diesmal nicht, und sie brauchte ja auch alle Kraft, denn der längste Schritt lag ja noch vor ihr. Abschied ohne Geflenne, verlangte Anni von sich selbst, und ohne ritzen, selbstquälen, erniedrigen, hilflos fühlen und ohne sich bei dem Nächstbesten um den Hals zu schmeißen, so nach dem Motto, tröste mich mal, ich bekomme das alleine nämlich nicht hin. Ganz schöner Kampf. Aber Anni hielt sich ganz wacker, mal ein Seufzer, mal zitterte die Unterlippe, aber keine Tränen. Heute nicht, heute wurde gehandelt, also aufgeschrieben, was immer schon raus sollte und wollte. Abschiedsbrief auf Brötchentüte sozusagen.

„Ihr lieben, verhassten Menschen", schrieb Anni in ihrer verschnörkelten Handschrift, geriet aber ganz kruckelig, weil die Brötchentüte als Untergrund nicht so besonders geeignet war. Ganz schön Gefühlskarussell, nicht aufgeben Anni! Abschied nehmen hieß doch auch Abschied von Geheule, obwohl alle lieben und alle verhassten Menschen zu verabschieden auch echt ganz schön viele waren. Zum Glück fand Anni einen Pizzakarton auf dem das Schreiben besser ging. So hockte sie da, den Karton auf den hochgezogenen Knien auf einer Bank direkt neben den Menschenströmen und dem Main.

Apropos Pizzakarton. Merten fand fast zeitgleich einen Pizzakarton. Weil er nach dem Stress mit Laura richtig Hunger hatte, klappte er das Ding auf der Mülltonne fast schon gewohnheitsmäßig auf und Bingo! Ein sauberes Drittel gut erhaltene Pizza mit Salami und Pilzen. Dazu einen Halben und das fühlte sich schon fast an wie pappsatt. Merten war zufrieden und hatte seine ganz eigene Mission: Distraktion. Viele Fremdwörter kannte Merten wirklich nicht, aber Distraktion gehörte zu seinen Lieblingswörtern, besonders wenn er das unmittelbare Bedürfnis verspürte, sich möglichst schnell und möglichst gründlich wegzuballern. Also trieb sich Merten erstmal in den einschlägigen Straßen herum, das hatte Ringo ihm ja schon alles ausführlich erklärt, wie, wo, was geht in Frankfurt („Hier geht alles!"). Neue Freunde finden in der Niddastraße, so nannte Ringo das. Keine besonders gute Idee, aber es sollten ja auch keine Freunde fürs Leben werden, nicht einmal für die letzten Stunden. Was solls? Merten verspürte den dringenden Wunsch, sich aus der verbleibenden Lebenszeit wegzubeamen, und warum sollte er auch etwas anderes machen als vorher, nur weil bald alles vorbei sein würde?

Keine Sau, und da war sich Tom ziemlich sicher, würde ihm später abnehmen, dass es der Hund war, der ihm die letzten Kilometer bis nach Frankfurt unmöglich gemacht hatte. War aber so. Und zwar unmissverständlich. Anders als Jott, war dieser Deutsche Drahthaar seinem Hund zwar fast aufs Haar gleich (Jott war etwas heller und hatte am Bein eine haarlose Stelle, weil er sich dort vor Jahren mal verletzt hatte), allerdings waren die Verhalten doch sehr unterschiedlich. Dieser Drahthaar hatte zwei Seiten. Während Jott immer an seiner Seite blieb, egal in welche Richtung Tom ging, wurde dieser Hund störrisch. Springen würde er vermutlich nicht, dafür steckte zu viel Natur in ihm, aber mit Sicherheit würde er Tom auch nicht davon abhalten. Jott würde ihn springen lassen, und das war nun der entscheidende Unterschied. Denn dieser Drahthaar, irgendwo in den Feldern über Oberursel, den Tom sah und für einen Moment wirklich geglaubt hatte, es sei sein eigener Hund gewesen, der ihm nachgelaufen war und der ihm wie ein Hoffnungsschimmer erschienen war, (in einem Zustand, für den ihm kein besseres Wort als „Sirren" einfiel), war keineswegs treu und gutmütig. Im Gegenteil. Er ließ sich zwar streicheln und war auch erfreut über Toms Zuwendung, doch gerade als er wieder Richtung Oberursel umkehren wollte, wurde der Hund aggressiv und knurrig. Tom brauchte nur in Richtung Frankfurt zu gucken, da fletschte er schon die Zähne. Dabei war Tom sich mit dieser Begegnung schon ziemlich sicher, dass jetzt der richtige Zeitpunkt zur Umkehr gekommen war und er seinen letzten Weg Richtung Frankfurt anzutreten hatte. Bei aller

Gewissheit, das naturgemäß Richtige zu tun, erforderte es doch allen Mut. Er streichelte den Hund, kniete sich erneut zu ihm herunter und umarmte ihn als wäre es Jott, doch dann, als er sich mit einem Verabschiedungs-wuscheln über den Kopf lösen wollte, ging es richtig los. Der Drahthaar sprang ihm in den Weg und knurrte. Tom wollte ihn einfach stehenlassen, würde ja jeder denken, der will nur noch mehr gestreichelt werden, aber nichts da, Hundi ließ sich nicht einfach abschüt-teln. Er stellte sich Tom erneut in den Weg, diesmal breitbeiniger, zeigte seine Zähne und bellte Tom an. „Was ist los mit dir?", blaffte Tom zurück und wollte die Verhältnisse zwischen Tier und Mensch klären, in dem er den Hund einfach beiseiteschieben wollte. Da schnappte der Drahthaar aber keineswegs von den Machtverhältnissen überzeugt nach seiner Hand und Tom wich erschrocken über die Bissigkeit zurück. Noch zwei drei Versuche, dann war Tom auch schon am Ende mit seinem Hundelatein und ziemlich genervt darüber, dass dieser Quasi-Jott ihm den Rückweg versperrte. Vielleicht hatte er Hunger? Tom auf jeden Fall. Hilflos suchte er die Wege ab, ob nicht doch irgendwo ein Hundebesitzer auftauchte, der seinen Waldi vermisste. „Verschwinde!", versuchte er es auf die harte Tour, doch Drahthaar musste nur einmal die Lefze hochzie-hen, und Tom hatten verstanden. Was also blieb ihm übrig? Da der Weg nach Frankfurt offensichtlich durch einen verhaltensgestörten Hund versperrt war, konnte er also nicht zurück und jetzt kam das wirklich Seltsa-me. Würde ihm eh kein Mensch glauben und am we-nigsten Anni. Als Tom nämlich beschloss, zunächst in die andere Richtung zu gehen, vielleicht in die nächste Ortschaft, weil dort vielleicht der Hundebesitzer wartete oder es etwas zu Fressen für den Hund und für ihn gab, als Tom sich also aufmachte, um sich weiter von seinem eigentlichen Ziel zu entfernen, da wurde der Drahthaar plötzlich wieder lammfromm. Keine drei Schritte war Tom gegangen, da trottete der Köter wie Jott neben ihm her und begleitete ihn. Sie spielten das jetzt noch ein paar Mal durch, drehte sich Tom um, wurde Drahthaar sauer, ging Tom in die entgegengesetzte Richtung, war Hund treu wie ein Schaf. Kein Mensch würde ihm das glauben.

Wo war eigentlich Sina? Von dem erneuten Zusammen-
treffen am Nachmittag wussten sie und Tom schon
nichts mehr und entscheidend war ohnehin viel mehr,
wer in der Nacht um 0:45 Uhr am Fuß des Maintowers
auftauchte.

Anni jedenfalls kam zum Nachmittagstreffen richtig ge-
stärkt vom Main zurück. Sie hatte es tatsächlich ge-
schafft, keine einzige Träne zu vergießen, keine Rasierklinge bei sich anzulegen oder sich mit Drogen wegzubeamen. Stattdessen tausend Worte zu schreiben, auf
einer säuberlich zusammengefalteten Brötchentüte,
die sie sorgsam in ihrer hinteren Hosentasche aufbe-
wahrte, dort wo normalerweise ihr Handy steckte. Allerdings hatte sie sich auch umentschieden und ihren
Abschiedsbrief nicht an die ganze Menschheit geschrie-
ben, sondern nur an Tom, was natürlich ein bisschen
blöd klang, weil Tom den Brief ja nicht mehr lesen würde, wenn sie zusammen gesprungen wären, aber das
war egal. Wichtig war nur, dass es funktioniert hatte,
dass sie dem langjährigen Vertrauten ihre übermäßigen
Ängste und Sehnsüchte mitteilen konnte, sie im wahrsten Sinne des Wortes sogar äußern konnte. Seit lan-
gem fühlte sich wieder einmal etwas richtig an, und
dank Tom waren die Tränen in Worte umgewandelt. Eigentlich etwas höchst Unwahrscheinliches, so wie
wenn Trump plötzlich ein Grüner würde oder Würst-
chen an den Bäumen wüchsen.

Anni wollte zum Abschied am liebsten die Welt umar-
men, ihr alles Liebe wünschen, körperlich und menschlich. Ganz ehrlich. Sie war beim Schreiben in eine Art
Rausch geraten, der sie am Ende tatsächlich an einen

friedlichen Schluss glauben ließ. An eine Heilung, wenn man so will.

Es war schrecklich, ein beseeltes und hoffnungsvolles Sterben lag in der Luft, fast noch schwerer auszuhalten, als Lauras panisches Getue. Andererseits hatte sie, Laura, auch echten Grund dazu, Panik zu haben, weil ja klar war, dass die anderen wie die Erdmännchen ausrasten würden, wenn sie von ihrer Dämlichkeit erfuhren. Laura ohne Smartphone, abgekapselt von jedem Netz und dann mit dieser Story, war aber auch wirklich eine Zumutung. Und dann noch die vielen Stunden ohne Auftrag, in diesem Menschenpfuhl, alleine! Laura hätte am liebsten gekotzt, wenn sie nicht so fucking hungrig gewesen wäre.

Allerdings, das mit dem Essen ging schon klar, Laura brauchte nie viel und ein Snickers hatte sie sich schon gesneakt. Dann hatte sie ewig dumm vor so einem Altbau rumgesessen, war wenigstens schattig und ein bisschen was zu glotzen. Plötzlich neben ihr so ein junger Typ, Student vielleicht, gar nicht mal hässlich, setzt sich fast neben sie auf die Stufen und zappt sich auf seinem Shiftphone durch die Apps. War ja so, dass alle (ja, alle!) ständig auf der Straße bei jeder Gelegenheit auf ihre Bildschirme starrten. Laura war das nie so aufgefallen, weil sie in solchen Momenten selten etwas anderes tat, als selber das Smartphone zu streicheln.

Der Student jedoch saß nicht bloß in ihrer unmittelbaren Nähe und sah nett aus, er hatte auch offensichtlich gar keinen Auftrag, sondern suchte händeringend nach einer sinnvollen Beschäftigung mit seinem Handy. Laura kannte das ausreichend von sich selber, sie wusste sofort, wann jemand tatsächlich ernsthaft beschäftigt war, nur zockte oder den Bildschirm liebevoll in der Hoffnung auf eine neue Zerstreuung mit dem Daumen befühlte. Obwohl es mittlerweile einer Identitätsaneignung glich, fragte Laura den Studenten irgendwann ganz unverblümt, ob sie einmal telefonieren dürfte und als ob das notwendig wäre, erklärte sie dem Fremden, dass sie ihr Handy verloren habe. Der Nerd war natürlich ziemlich misstrauisch, rote Haare, Handy verloren, war nicht die beste Geschichte, vielleicht war er auch einfach ein Scheiß-Spießer, jedenfalls gab er Laura nicht einfach das Telefon, sondern fragte nach der Nummer und gab sie dann auch selber ein, bevor er ihr das Handy reichte. Problem, die einzige Nummer die Laura neben den ganzen Pass- und Pincodes noch im Kopf hatte, war der Festnetzanschluss ihrer Eltern und musste selbst da überlegen. Wie ein Wachhund passte der Typ auf, dass Laura nicht mit seiner virtuellen Identität verschwand, aber OK, hätte sie vielleicht auch nicht anders gemacht.

Und dann schoss Laura erst richtig den Bock. Nach Mamas erster Redesalve über die wos, wies und warums, haute Laura nämlich ganz plump und pathetisch so ein „Mama, ich wollte dir Tschüss sagen" heraus. Ausgerechnet gegenüber ihrer Mutter! Die schlug ja schon seit Tagen die ganz große Schaumkrone und ihr so einen Satz hinzuknallen, kam doch dem Befehlseinsatz sämtlicher verfügbarer Einsatzkräfte der Bundeswehr gleich. Die totale Mobilmachung eben.

Hatte Laura dann aber auch sofort gerafft und ohne ein weiteres Wort das Gespräch beendet und dem Spießerstudent sein scheiß Shiftphone wiedergegeben. Fuck! Änderte nichts an der Realität. Abhauen auch nicht.

Zum Glück war es vorerst nur Anni, der sie nach stundenlangem Herumirren am späten Nachmittag am verabredeten Treffpunkt unter den 55 Stockwerken des Maintowers begegnete. Anni strahlte, als hätte sie ein ganzes Honigkuchenpferd alleine verspeist. Überglücklich umarmte sie die rote Laura, die nicht wusste wie ihr geschah. Ausgerechnet Anni, die sonst megadistanziert und die personifizierte Misanthropin war, umarmte sie, als wäre es das Selbstverständlichste von der Welt und als hätte Laura nicht gerade – mal wieder – den Extremscheiß gebaut. Völlig paradox. Diesmal war es Laura, die in Tränen ausbrach und sich entgegen aller Gewohnheiten an Annis Schulter ausheulte. Und das ist noch untertrieben. Laura brach richtiggehend in Annis herzlicher Nähe ein, fiel nach ein paar Tränen über die Missetat der vergangenen Stunden, in ein dramatisches Schluchzen: „Was machen wir hier eigentlich?"

Also das richtig tiefe Loch. Hatte Laura aber auch allen Grund zu und zwar nicht allein wegen dieses verkorksten Anrufes.

Irgendwie gingen Merten und Tom beide auf ihre Art über den Limes. Der eine tatsächlich mit einem wilden Köter an seiner Seite, der ihn ständig dämlich ankläffte, sobald er das Geleit verließ und erst Ruhe gab, als er mit Tom im Schlepptau in ein Kaff namens Oberhain kam. Dort trottete der Drahthaar wie selbstverständlich in einen der Gärten und legte sich neben einen schlafenden uralten Mann ins Gras und schloss ebenfalls die Augen, während Tom wie abgestellt und vergessen, nicht die geringste Ahnung hatte, wo er war, was er hier sollte und wieso dieser seltsame Köter ihn ausgerechnet hier haben wollte. Am wahrscheinlichsten erschien ihm die Erklärung, dass der Hund einfach nicht mehr alle Latten am Zaun hatte und mutmaßlich so greis wie sein Herrchen war. Konnte doch sein, dass auch Hunde dement oder besser gleich wahnsinnig wurden. 'Verrückter Hund', war doch ein geflügeltes Wort. Natürlich dachte Tom, so das war es jetzt, der Drahthaar hat ne Vollmeise und jetzt kann ich umdrehen und endlich zu den anderen nach Frankfurt zurück (mich umbringen!), dummerweise ging das nicht. Sobald Tom einen Schritt rückwärts machte, um sich der Gartenpforte zu nähern, schlug die debile Töle ihre Augen auf, einmal sprang sie sogar wieder auf die Beine, um Tom an jedem weiteren Entfernen zu hindern. Das war schon ziemlich bescheuert, weil Tom in Gegenwart des Hundebesitzers natürlich auf seine Bewegungsfreiheit bestehen konnte, allerdings schlief der Mann und da er eben sehr alt war, wollte Tom ihn auch nicht wecken. War jedenfalls fürchterlich kompliziert, einfach zu gehen und eigentlich wollte Tom auch wissen, was mit dem Drahthaar los war und warum ihn dieser eigenwillige Vierbeiner in diesen Garten zu diesem Methusalem gebracht hatte. Er setzte sich also vorerst ins Gras, angelehnt an einen Apfelbaum, zog seine Kladde heraus und wollte irgendetwas aufschreiben. Der Hund hatte seinen Kopf wieder auf die Vorderpfoten gelegte und die Augen geschlossen. Tom wollte partout mal wieder nichts einfallen, diese verdammten Thesen, alles war These und Antithese zugleich und vom Strom der fließenden Worte und Bilder etwas abzuschreiben, kam Tom vor, wie der Versuch, mit einem Spielzeugeimer Wasser aus den Niagarafällen abzuschöpfen. Und dann hatte er ja auch zwei Nächte nicht richtig geschlafen. Beide Male wegen Anni. Einmal, weil sie ihm die Todesangst eingeflößt hatte und einmal, weil er sie nach Jahren des sehnsüchtigen Wartens endlich berühren durfte. Kurz gesagt, in friedlicher Trinität mit dem Greis und dem Drahthaar, pennte Tom in diesem fremden Garten in Oberhain irgendwann seelenruhig ein, als hätte er das ganze Leben noch vor sich.

Mertens Limes war da schon eine ganze Spur krasser. Hätte ja jeder noch verstanden, wenn er sich bloß nach dem dritten Bier mit einem Pappbecher an die Straße setzte, in zwei Stunden rekordverdächtige 13,24€ erbettelte und sich davon ein paar Halbe und vielleicht ein Tütchen Grass irgendwo gekauft hätte. War zwar nicht die Erfüllung, die man sich für die letzten Stunden Lebenszeit wünschte, wäre aber genauso schwachsinnig kurz vor Feierabend sein Leben noch einmal umzudrehen und ins Theater oder weiß der Teufel wohin zu gehen. War halt Merten und es war ja schon ein Erfolg, dass er nicht stahl, rumrandalierte oder sonst irgendeinen Scheiß baute. Eins musste allerdings auch einmal deutlich gesagt werden: Merten hatte eigentlich die ganze Zeit schon kein Bock auf diese ganze Hochhaus-Selbstmord-Nummer. Er war ja der einzige der wusste, wovon er sprach, wie hoch dieser scheußliche Glaskasten tatsächlich war und außerdem lebte er auch viel zu gerne. Feiern und Motorrad fahren und so, alles viel zu geil, um damit aufzuhören. Und dann auch noch gestern das Ding mit Laura am Bach. Keine Zelle in ihm wollte sich umbringen, zumindest nicht von einer Sekunde zur nächsten, aber er, Merten, musste ja unbedingt einen auf dicke Hose machen: „Klar komme ich mit, Laura, einer muss doch die Tür zum Tower öffnen (und außerdem hast du die geilsten Möpse von der Welt)." Und Tom hatte ja auch Recht, mit dem was er sagte, so sinngemäß, wir müssen uns nicht schützen, wir sind die Täter und nicht die Opfer, blabla. Alles richtig, alles gut, oder eben nicht, schöne Scheiße hatte er sich da eingebrockt. Entweder die besten Freunde auf ewig enttäuschen oder sich feige drücken und sein Leben verlieren, blödere Alternativen gab es eigentlich kaum. Merten löste die Misere naturgemäß auf seine Art, geradeso wie er es immer tat, wenn er nicht mehr weiter wusste – er schoss sich die Rübe weg oder wenigstens das Wachbewußtsein. Dieses Mal jedoch übertrieb er es wirklich. Denn statt sich bei einem der dahergelaufenen Typen in der Niddastraße ein schlichtes Tütchen Gras geben zu lassen, ging er ganz in die Vollen und holte sich irgend so ein Wundermittel. Wahrscheinlich wusste der Verkäufer selbst nicht was es war, Chrystal, Crack oder Heroin oder eine Mischung aus allem. Wenn Merten bei so einem ausgefransten Dealer in Frankfurt aber auch bestellte mit den Worten: „Egal was, Hauptsache Abschuss", dann musste er sich auch nicht wirklich wundern. War halt Merten-Philosophie: Je größer meine Probleme, umso härter muss ich mein Brain wegpusten und war ihm dann auch egal womit. Könnte dann wenigstens behaupten, er sei nicht mehr zurechnungsfähig gewesen, was in diesem Fall

natürlich keine Rolle mehr spielte, wenn er erst zermatscht auf dem Gehweg liegen würde. Daran mochte
er noch gar nicht denken, erstmal dieses erbärmliche
Alleinsein, diesen Hirnfick, in den Griff bekommen.
Springen war erst später.

Am Bach mit Laura, das war der Hammer, der schönste
und der schwärzeste Moment lagen manchmal so dicht
beieinander.

Es war gar nicht die Sache mit dem Sex, da hatte Laura gelogen und Merten auch.

„Sex im Buchenwald ist in keiner Weise erotisch, Anni, schon gar nicht in einem Bach Mitte Mai." Lauras Worte schafften es kaum durch die selige Haube, die Anni wie eine Perücke umgab und sie wie Yoko Ono über die Leinwand schweben ließ.

„Anni, Scheiße, verstehst du?" Schluchzen. „Wir sitzen hier im Dreck zwischen Häuserschluchten, umgeben von einer Welt aus Dreck, haben Hunger und Durst für fünf und wollen uns in fuck-siebeneinhalb Stunden suizidieren. Dabei müsste ich längst bei einem Arzt sitzen oder wenigstens diesen Scheiß-Test machen. Anni, diesmal habe ich wirklich richtig Mist gebaut."

Wie Grundwasser, was sich durch die Gesteinsschichten schob, tropften Lauras Worte in Annis Gehirnwölbungen, und erst ganz allmählich verstand sie, dass Laura ganz andere Probleme hatte, als der Oralverkehr mit Merten am Bach oder der verzweifelte Anruf bei der Mutter.

„Du musst etwas essen", verzog sich langsam die Dunstblase und Anni bekam diesen besonnen Gesichtsausdruck, so wie sie ihn manchmal im Unterricht bekam, wenn Herr Käsmann über die Conditio Humana philosophierte.

„Wir brauchen Essen, wir brauchen Geld und wir brauchen diesen Test...", setzte Anni zu einer Prioritätenliste an, aber Laura unterbrach sie:

„Nein, wir brauchen erst Geld, dann Essen und dann, verdammte Scheiße, diesen kack Test."

Anni und Laura quatschten jetzt hemmungslos jeden dahergelaufenen Passanten an. Die meisten hofften natürlich, sich an den bettelnden Mädchen vorbei mogeln zu können, aber Anni und Laura waren wirklich hartnäckig. Sie versuchten die Mitleidstour: „Wir wurden beklaut und haben Hunger." Oder: „Wir haben unser Geld verloren und kommen nicht mehr nach Hause." War ja nicht einmal gelogen. Trotzdem kamen sie sich vor wie Seuchebakterien, die das Hämoglobin des Geldes beim Fließen unterbrachen. War aber egal, die Not war größer.

Und sie waren gute Seuchebakterien, zumindest was die Effektivität betrifft. 15€ wollten sie zusammenkratzen, jeweils fünf für Essen und weitere fünf für diesen elenden Schwangerschaftstest. Ging tatsächlich erheblich schneller als bei Merten, waren halt Mädels, dafür aber auch so ätzende sexistische Sprüche von irgendwelchen arroganten Schlipsträgern, so nach dem Motto, bekommst auch hundert, wenn du für eine Stunde mitkommst, und so. Einmal schrie Anni ganz laut: „Ey, der Typ will mich anfassen!" Da hat sich der Chauvi natürlich ganz schnell aus dem Staub gemacht und Laura und Anni hatten richtig Spaß dabei. Keine halbe Stunde und sie hatten die Kohle zusammen.

„Erst essen", bestand Laura auf die festgelegte Reihenfolge und brauchte Anni dazu nicht lange überreden. Sie gingen in eine Apotheke, besorgten einen Schwangerschaftstest, Laura natürlich mega nervös, aber Anni auch. Dann in eine Baguetterie, Laura bestellte Käsebaguette und Anni Thunfisch. Fast schon sieben Uhr und die erste richtige Mahlzeit, krasser Widerspruch zwischen fettem Hunger und keinen Bissen runter bekommen, weil hypernervös. Beide aßen ganz langsam, als wollten sie den naiven Augenblick der Unwissenheit länger hinauszögern, so wie damals als Kinder bei der Bescherung. Sie aßen langsam, aber sie aßen auf, sogar Anni, die für gewöhnlich bestenfalls ein halbes Baguette schaffte.

„Seit wann weißt du es?"

„Überfällig bin ich seit zwei Wochen und bevor du nachfragst, vor vier Wochen habe ich nach dem Ali mit Nick gepoppt."

„Mit Nick!"

„Ich war total betrunken."

„Trotzdem. Ausgerechnet mit eurer Unzuverlässigkeit höchstpersönlich."

„Anni, was glaubst du, warum ich hier mit dir in Frankfurt sitze?" Anni schluckte. Für ein paar Minuten hatte sie das fast vergessen.

„Noch steht ja auch gar nichts fest."

Und nach einer Weile:

„Wenn du schwanger bist, dann darfst du nicht springen. Das wäre Mord. Mord an der nächsten Generation." Das klang irgendwie komisch und falsch, weil sie ja eigentlich springen wollten, um die nächste Generation vor Unheil zu bewahren, Laura nickte, wusste aber was Anni meinte.

„Ich weiß auch gar nicht, ob ich wirklich springen könnte mit einem Baby im Bauch." Anni verstand die Freundin, sah aber auch den ganzen großen Plan schwinden und wie der Absturz für sie doch eigentlich ein Höhenflug war. Alles wäre dahin, weil entweder springen alle oder keiner. Die alte Anni klopfte wieder an die Tür und wie ein Türsteher wedelte sie mit einem Abschiedsbrief und weigerte sich, sie zu öffnen.

„Fuck", sprang Laura auf, „ich mache es jetzt. Könntest du vielleicht mitkommen?"

Also beide Mädchen auf die Bistrotoilette, Laura ab in die Kabine und auf das Stäbchen gepullert. Und dann: Stunde der Wahrheit.

Herr Scheuermann war 102 Jahre alt und hatte schon gelebt als JP Morgan den ersten Weltkrieg vom Zaun gebrochen haben soll. Als er in Toms Alter war, hatte er den Nazis widerstanden und die zweite, fast schon finale Selbstzerstörung der Menschheit überlebt.

Der Deutsche Drahthaar war nicht verhaltensgestört, sondern sprach schlicht und ergreifend kein Deutsch. Er gehörte nämlich der polnischen Pflegekraft, die sich Vollzeit für drei Monate um Herrn Scheuermann kümmerte. Wie auf Absprache öffnete der alte Mann die Augen, als die kleine polnische Frau den Garten betrat. Der Hund sprang auf die Beine. Davon bekam Tom natürlich nichts mit, keiner, außer dem Vierbeiner, sah den jungen Mann mit dem abrasierten Schädel überhaupt unter dem Apfelbaum sitzen. Oder sie sahen ihn und ließen ihn einfach schlafen, vielleicht sammelte der Hund öfter mal herumirrende Selbstmörder vom Limes auf, und der Alte hatte sich im Lauf des Jahrhunderts an diesen Anblick gewöhnt. Tom schlief jedenfalls tief und fest und im Sitzen, was besser war als liegen, weil der Kopf nicht noch stärker durchblutet werden brauchte. Er zuckte drei Mal heftig zusammen, und als er die Augen wieder aufschlug, saß er in der stillen Natur unter einem Apfelbaum und keine Menschen- oder Hundeseele war noch im Garten. Tom hatte dann an die Terrassentür geklopft, der Hunger ließ ihn nicht lange nachdenken.

Herr Scheuermanns Stimme war dünn und brüchig wie Esspapier, und Tom verstand kaum ein Wort von dem, was der Greis in seiner Windel ihm sagte. Es ging wohl um den Garten, dass die Apfelblüte schlecht gewesen sei, kaum Insekten, dass er so etwas noch nicht erlebt habe und gar nicht sagen könne, ob der Baum dieses Jahr überhaupt Früchte trüge. Eigentlich spielte es auch keine Rolle, ob Tom alles richtig verstand, denn wichtiger als das, was er sagte, war die Tatsache, dass er überhaupt noch lebte. Richtig ehrfürchtig saß Tom in der jahrhundertealten Küche, die offensichtlich immer nur im Detail verändert worden war und die von unzeitgemäß über uralt, von unmodern bis veraltet aus jeder Epoche, die der Greis durchlebt hatte, irgendwelche Relikte zeigte. Der Hammer war natürlich die grüne Tapete mit den riesigen Mustern an den Wänden, wie man sich je daran gewöhnen konnte, war Tom ein Rätsel.

Er hatte auf einem abgewetzten weißen Holzstuhl vor einer häufig abgewischten Plastiktischdecke Platz genommen unter ihm war das Laminat bereits ausgetreten. Herr Scheuermann schien die Abwechslung willkommen und trotz der skeptischen Blicke der polnischen Pflegekraft, ließen sie ihn ins Haus und bereiteten ihm etwas zu essen (Bratkartoffeln mit Speck, den Tom höflicherweise stillschweigen an den Tellerrand sortierte, obwohl, war das nicht auch längst egal?). War schon ein eigenartiges Gefühl in dieser fremden Wohnung mit den fremden Menschen. Nicht unbehaglich oder unangenehm, sondern eher wie in einem Museum, einem Museum für individuelle Lebensführung sozusagen. Alles war unweigerlich erinnerungsschwer und jedes Ding stand oft seit Jahrzehnten unberührt an seinem Platz. Der Alte machte mit seiner Gehhilfe Zentimeterschritte und selbst wenn in ihm der Wunsch aufgekommen wäre, sich den einen oder anderen Gegenstand in die Gegenwart zurückzuholen, er war gar nicht mehr in der Lage dazu, einfach dorthin zu gehen, sie aufzunehmen und sich sentimental an ihnen zu erfreuen. So war es nur noch die Pflegekraft, die wöchentlich die Unmengen von Büchern und Bildern, den Krims und den Krams in die Hand nahm, einmal mit dem Tuch darunter wischte und alles wieder in die Dornröschenstarre zurück stellte. Tom hatte alle Zeit der Welt, sich alles genau anzusehen, weil der Alte geschätzte zwei Stunden brauchte, um nach dem Essen von der Küche die fünfzehn Meter bis in das Wohnzimmer zu schlurfen. Der Mann war schon weit über 80 Jahre als Tom überhaupt geboren wurde, und was war nicht vorher schon alles geschehen? An den Wänden hingen Bilder, die einen Soldaten zeigten, ein Hochzeitsbild in Schwarzweiß, eine Urkunde zum fünfundzwanzigsten Firmenjubiläum von 1978! Es war einfach alles so ewig lange her, Fotos von Enkelkindern, die bereits an die 60 Jahre alt sein durften, aufgenommen vor einem Bergpanorama zu einer Zeit, als die Natur noch als unzerstörbar galt. Tom wurde richtig schwummrig, und das lag nicht allein an den fettigen Bratkartoffeln in seinem Magen, sondern an der Tatsache, dass dieser alte Mann immer noch jeden Morgen aufstand. Bei all den widerlichen Geschehnissen, die der Weltenlauf bereit hielt und der ihm, Tom, mit seinen popeligen 17 Jahren schon unerträglich und unaushaltbar vorkam. Herr Scheuermann schleppte den Dreck aus dem schmutzigsten Jahrhundert mit sich rum und dachte keineswegs ans Aufgeben. Stattdessen schlurfte er unter der Last der Dekaden zu seinem abgewetzten Ohrensessel, und alle waren froh, dass er endlich saß.

„Gut Opachen", sagte die Pflegerin, die darüber hinaus kaum ein Wort Deutsch sprach. Tom nahm auf der Couch gegenüber Platz und ließ den alten Mann einfach reden. Der Rasen müsse bald wieder gemäht werden, sein Sohn käme sicher bald und würde das erledigen, und die Rosen gehörten auch dringend gedüngt. Tom lächelte hilflos und sagte hier und da mal einen Satz wie: „Ist ja schön, dass Ihnen da noch jemand hilft." Und: „Ihr Garten ist wirklich sehr schön." Seine Aufmerksamkeit war unterdessen bei einem Schmetterling hängen geblieben, der sich verflogen hatte und nun mit unruhigen Flügelschlägen die große Panoramascheibe von Herrn Scheuermann nach einem Ausweg absuchte. Das war jetzt an sich ja nichts Wildes, ein Insekt, das hilflos herumflatterte, dem Licht folgend, das natürliche Habitat vor Augen, aber Tom drohte bei diesem Anblick ernsthaft durchzudrehen.

Herr Scheuermann:

„Auch wenn mein Garten mir jedes Jahr aufs Neue weis machen will, alles liefe in geregelten Bahnen, so als sei alles planbar, so ist es nicht, mein Junge. Nichts verstehe ich, und auch wenn ich glaube, ich kann meinen Garten beherrschen und ihm seine Fruchte streitig machen, in Wirklichkeit beherrscht er mich. Er legt fest, was ich zu tun habe, er bestimmt, was auf dem Tisch landet." Der Alte lachte, was in einem Hustenanfall endete.

„Die Natur kann man nicht verstehen", sagte Tom wie auf einem Druckkessel sitzend, voll damit beschäftigt, dem Distelfalter zu folgen.

„Genau das sage ich. Ich kann meinen Garten umgraben, manchmal möchte ich ihn verfluchen, meistens trete ich ihm jedoch nach bestem Gewissen, wohlgesonnen entgegen, aber verstehen werden wir ihn in seiner Unbeirrbarkeit wohl nie." Herr Scheuermann war schon ganz außer Atem.

„Wir verstehen ja noch nicht einmal unsere eigene menschliche Natur", meinte Tom, „die vielleicht sogar am wenigsten."

„Sehen Sie, junger Mann, genau das meine ich, manchmal kommt es mir so vor, als wäre mein Garten nur ein schlichtes Passieren von Leben, als könnte ich da gar nichts machen. Ob etwas schlecht ist oder gut, erfährt man immer erst im Nachhinein."

Dieser verdammte Schmetterling! Wenn er weiter so hektisch gegen die Scheibe flog, würde er verrecken, noch bevor der alte Mann fertig war, von seinen 1000 Quadratmetern Beete, Beeren und Bäumen hinter seinem Haus in Oberhain zu erzählen. Während der Alte jetzt wieder bei seinen Apfelbäumen angekommen war, kämpfte dieser hirnlose Falter mit seinem Leben, und Tom, selbst nur noch wenige Stunden auf diesem Planeten, drohte zu zerplatzen, oder besser, zu zerreißen, was allerdings genauso bescheuert klang. Denn in dieser illustren Runde der Todgeweihten, so kam es ihm vor, waren es ein greiser Opa und ein verpeilter Schmetterling, die an ihm zogen. Der eine, indem er mit Papiersätzen von seinem Garten sprach, den er nicht verstand und „junger Mann, was wir nicht verstehen können, können wir auch nicht positiv oder negativ verändern, weil ja keiner weiß, was richtig und was falsch ist." Der andere war ein beschissener Falter, der sich mit jeder Berührung der Fensterscheibe seinen Lebenswillen einhämmerte und Tom damit zur Weißglut brachte. Der Sinn, die Natur, das Leben bestand in nichts weiter, als auf sein Dasein zu bestehen. Jedes Tier, jede Pflanze und verdammt noch mal, auch jeder noch so elende Stein (ja, Stein, denn selbst das Unbelebte war wieder zur schützenswerten Natur geworden) zog seine Berechtigung allein aus seiner Existenz. Basta und aus. War halt Scheiße, wenn man diese Existenz damit verbrachte, mit dem Kopf gegen Fensterscheiben zu hämmern.

Tom jedenfalls kam das alles ziemlich albtraummäßig vor und irgendwann hielt er es dann auch nicht mehr aus. Er sprang mitten im Satz auf, bedankte sich flüchtig bei dem greisen Mann und seiner Pflegerin für das Essen, streichelte dem polnischen Deutschen Drahthaar noch einmal über den Kopf, ließ den Schmetterling in seiner Gefangenschaft und lief, ohne sich wirklich zu verabschieden, hinaus in den Garten. So richtig verabschieden konnte man sich von einem Hundertjährigen ohnehin nicht.

'*Wenn die Realität ein Albtraum ist, bringt es nichts, die Augen zu schließen*', schrieb Tom in seine Kladde, nachdem er sich weit genug von dem Haus entfernte hatte und endlich wieder alleine war. Die Spannung ließ nach. Aber apropos die Augen schließen.

Merten war der Erste, der an der verabredeten Stelle unter dem Maintower eintraf. Dreieinhalb Stunden zu früh. Er hatte gehofft, den anderen würde es ähnlich ergehen wie ihm – völlig inhaltsleer und unendlich gelangweilt. Merten war sage und schreibe vier Stunden wie ein Volltrottel gelaufen und hatte schlicht keine Idee, was er mit seinen letzten Stunden anfangen sollte. Dabei kannte er sich doch noch am besten hier aus. Er hatte eine Selbstgedrehte nach der anderen geraucht, seine Hand war immer wieder in die Hosentasche geglitten und hatte das Tütchen mit dem seltsam hellen Zeug befühlt. Völlig untypisch, aber er hatte sich nicht getraut, es einfach wegzubuffen. Echt jetzt, Merten war völlig hin und hergerissen zwischen sehr starkem Wollen und einer seltenen Stimme in seinem Kopf, die sagte: Besser nicht!

Merten war bei diesem moralischen Aufgebot in seinem Kopf nicht minder am Durchdrehen. So etwas kannte er nicht von sich. Das Tütchen ständig zwischen seinen Fingern drehen war bestimmt so eine Art Übersprungshandlung. Er kämpfte gegen die inneren Widerstände und hatte doch nur den Wunsch, endlich zu verschwinden, abzutauchen, sich wegzumachen und einfach auszuschalten. Vielleicht lag es ja daran, dass es die letzten Stunden waren, so nach dem Motto, wenn schon sterben, dann wenigstens bei vollem Bewusstsein, so als wäre bei klarem Verstand sterben besser als bekifft. Das war aber mit Sicherheit Quatsch, denn letztlich war eigentlich alles geiler, wenn man Gras rauchte. Jedenfalls alles, was Spaß machte. Aber easy ging irgendwie anders.

Einmal, am Nachmittag, da irrte er beim Römer zwischen den ganzen gestörten Passanten umher, da riss er sich von einer ehemaligen Dönerpackung ein Stück Alupapier ab, suchte sich ein stilles Plätzchen und faltete das Alu um einen kleinen Stock. An dem einen Ende formte er geradezu liebevoll einen Kelch, dann durchlöcherte er einen Fetzen von dem Alupapier und legte ihn in die fingerdicke Mulde. Es war eine perfekte Pfeife, inspiriert von diesem komischen Dealer mit seinem Spruch, „musst du mit Pfeife rauchen". Merten war danach ganz begeistert von seinen kreativen Fertigkeiten, und sofort versuchte er sie zu benutzen, wenn nicht diese dämliche Moral ständig dazwischen quatschen würde. Wenigstens hatte ihn der sorgfältige Bau der Pfeife eine halbe Stunde Zeitvertreib beschert, mehr aber auch nicht. Er steckte sie unbenutzt in die Tasche, ärgerte sich über sich selbst, schlurfte im Schneckentempo durch die endlosen Stunden und schließlich zum Maintower, in der naiven Hoffnung, einen ebenso gelangweilten Tom, eine liebeshungrige Laura oder scheißegal wen dort zu treffen. Hauptsache nicht mehr hirngefickt durch dieses Drecksnest laufen müssen. War natürlich noch keiner da. Nicht einmal die sonst immer überpünktliche Sina. Zur Langeweile, dem wiederkehrenden Hunger und der miesen Stimmung mischte sich jetzt auch noch schlechte Laune, und Bier gab es auch keines mehr. Wahrscheinlich waren die anderen längst getürmt und exakt das gleiche würde Merten auch gern tun. Aber das ging nicht: Entweder alle oder keiner. Völliger Frust. Und weil sich über ihn der Wolkenkratzer im Himmel verlor und Merten das Gefühl hatte, jetzt noch tiefer zu sitzen als sonst, griff er schließlich doch in seine Hosentasche, holte Alupfeife und Grastütchen heraus, die SimKarte fiel ihm dabei auf den Boden, Ringos Nummer auf dem Gehweg verstärkte die Theatralik dieses Augenblicks noch. Er knipste mit dem Daumennagel etwas von dem seltsam aussehenden Gras in den wohlgeformten Pfeifenkelch, eine Sekunde der mentalen Vorbereitung, dann schnipste er das Feuerzeug an.

'Meine Entscheidung habe ich selbstbestimmt gefällt. Die Zukunft liegt dieser Entscheidung zugrunde'.

Sinas Abschiedsbrief fiel erheblich knapper, dafür aber deutlicher aus, als der von Anni, die ja eigentlich nur Toms Parolen wiederholte. Sinas Abschiedsbrief richtet sich an alle und war entschlossen, dem schicksalshörigen Getue des gesamten Weltenlaufs in den Arsch zu treten. *'Besser zermatscht im Dreck liegen, als vom Dreck zermatscht werden'.* War schon krass, was Sina in ihren letzten Worten alles vom Stapel ließ. Sie faltete den schon vor Tagen geschriebenen Zettel zusammen und packte ihn in den Rucksack mit den Transparenten, den Flugblättern und den sieben Thesen. Suicidal Sadurday, das war definitiv besser als tausend Demos und dieser bescheuerten Seedbombs, die sie bei Greenpeace unter den Passanten verteilt hatten. Aus 300 Meter Höhe springen, das war wie ein realer Spam, ein Schockmoment, ja, die meinen wirklich ernst, mit dem was sie sagen wollen. Darin lag die ganze Unerträglichkeit der Gegenwart, die ganze Resignation vor der Zukunft und ein heftiges Kopfschütteln über die gesamte Idiotie der Menschheitsgeschichte. *'Unser Tod ist bes-*

ser als euer Leben', war auch so ein Satz aus Sinas Abschiedsbrief.

Sina beobachtete Merten. Dieses erbärmliche Winden, sie konnte es gut erkennen. Sie hatte auch am Nachmittag Anni und Laura beobachtet, hatte den ganzen Tag kaum etwas anderes gemacht, als sich dem Tower gegenüber in einem Versteck zu verschanzen und sich an den Ort des Aufpralls zu gewöhnen. Bei Sina hatte der Fall schon sehr viel früher angefangen, genaugenommen fiel sie bereits seit der frühen Kindheit, als ihre verkommene Familie sie von sich abstieß. Seit fünfzehn Jahren fiel sie ebenso unumkehrbar wie die letzten Sekunden, wo der gefühlte Fall endlich zu etwas Realem, etwas tatsächlich Spürbarem werden würde. Deshalb war für Sina auch der Ort des Aufpralls viel interessanter als die Gewohnheit des Fallens.

Laura und Anni hatten sich vorhin in den Armen gelegen und ganz vertraulich die Köpfe zusammengesteckt. Wahrscheinlich etwas von dem üblichen Mädchenkram, irgendein Wohlstandsproblem, sie bekam das Kotzen davon. Ängstlich, ehrfürchtig oder respektvoll sahen sie jedenfalls nicht aus und weil Sina das bei den beiden eigentlich erwartet hatte, deutete sie das behutsame Getuschel als schlechtes Zeichen. Gerade bei Anni rechnete sie damit, dass sie die letzten zwölf Stunden durchheulte. Als Merten dann kam und sich etliche Minuten lang, wie frisch einem Ufo entstiegen, desorientiert umsah, wusste sie sein Verhalten gar nicht zu deuten. So prollig er in der Gruppe auch sein mochte, wenn Merten alleine unterwegs war, bekam sein Blick etwas von einer ausgesetzten Babykatze. Sie glaubte, die Berührungen der letzten Nacht auf ihrem Körper noch einmal zu spüren, war aber sehr schnell wieder in der Gegenwart, als Merten sich auf den Gehsteig setzte, etwas aus seiner Tasche heraus kramte, an etwas Silbernem zog, kurz hinter einer Rauchwolke verschwand und unmittelbar danach, gegen den Wolkenkratzer gelehnt, in sich zusammensackte. War ja ziemlich eindeutig, dass er sich wieder einmal die Rübe weggeschossen hatte, aber so eingefallen wie er da saß, verließ sie doch ihr Versteck und ging mal gucken. Wie eine unbeteiligte Passantin schlich sie an Merten vorbei, sah wie er im Vollrausch hüstelte und war beruhigt. Sollte er sich doch mit dem Dreckszeug ins Nirwana pusten, solange er schlief, war er wenigstens da und bestimmt in drei Stunden wieder ansprechbar. Mehr Sorgen als Merten, Laura oder Anni bereitete Sina dann auch Tom. Er hatte es versprochen zu kommen und war doch den ganzen Tag nicht aufgetaucht. Gleich am Morgen hatte er sich aus dem Staub gemacht und während sie in Oberursel erst noch containert hatte, und zum Auto gegangen war, um dann zwei Stunden später nach Frankfurt aufzubrechen, hatte sie doch fest damit gerechnet, dass Tom längst wieder zu den anderen dazu gestoßen war. Als Merten dann allein auftauchte war klar, dass keiner von ihnen wusste, wo Tom sich aufhielt.

Tom kam als letzter, aber er kam. Sie alle kamen zu der verabredeten Zeit, einschließlich Ringo, der wie ein etwas zu klein geratenes Ebenbild von Merten aussah und sich gleich bei der Begrüßung mit einem ebenso anerkennenden wie aufreißerischen „Hallo" gegenüber Laura sofort ins Abseits katapultierte. Statt Wiedersehensfreude war die Stimmung im nächtlichen Frankfurt sowieso eher verhalten und das lag nicht allein an Ringos chauvinistischen Sprüchen. Zu fünft standen sie um Merten herum, der seit Stunden unverändert auf dem Gehweg saß, mit einer Rückenlehne, die bis in den Himmel reichte. In der Hand hielt er noch immer die Alupfeife und die Diskussion schwankte zwischen großer Sorge (Laura), krasse Anerkennung (Ringo), wilder Spekulationen über die Ursachen des Rausches und Ratlosigkeit, wie denn nun am besten damit umzugehen wäre. Zwischendurch rüttelten sie den komatösen Merten an den Schultern, schrien ihn an, er solle aufwachen, Ringo ohrfeigte den Freund sogar, mit den Worten, der könne das ab. Laura bestand darauf, einen Krankenwagen zu rufen, das sei doch ganz klar eine Überdosis. Völliger Quatsch, meinte Ringo, der sei einfach nur zu. Zum Glück hatte Laura kein Handy mehr, sonst hätten sie sie wahrscheinlich gar nicht mehr aufhalten können. Laura und Anni waren übrigens zu zweit angekommen. Ohne zunächst Mertens Delirium zu bemerken, hatte Anni ihre Oberschülerin-Haltung ausgepackt und Sina damit signalisiert, wir müssen reden, sofort, weil dringend und unaufschiebbar. Sina ließ sie einfach abperlen, ließ Anni einfach gar nicht erst zu

Wort kommen mit ihren Problemen, die in jedem Fall nicht wichtiger waren, als alles was ihnen bevorstand.

„Schön, dass ihr da seid", sagte sie kalt wie schon gesprungen. „Kümmert euch um Merten, der wird den Tod nicht mehr nüchtern erleben." Sachlicher konnte man das nicht sagen. Bei Laura jedenfalls funktionierte es, sie drehte sich zu Merten um und versuchte ihn wach zu bekommen.

„Sina, wir müssen reden", blieb Anni hartnäckig, aber Sina reagierte gar nicht auf sie.

„Wir sollten ihm eine drehen", schlug sie vor, „wenn er Tabak einatmet, muss er entweder husten oder die Lebensgeister werden wieder geweckt. Wo hat der Typ seinen Tabak?" Sina fühlte in Mertens Taschen herum.

„Sina, hör zu!", wurde Anni laut, „Laura kann, also nicht nur Laura allein..."

„Anni, dass interessiert mich nicht! Verstanden?" Sina wurde auch laut. Der Unterschied waren zwei Oktaven und gegen Sina klang Anni wie ein Meerschweinchen in einer Autopresse.

„Wir haben heute den ganzen Tag Zeit gehabt, um jeder für sich alles zu überdenken und jeder von uns hatte damit Gelegenheit genug, für sich zu entscheiden, ob er hier auftaucht oder eben nicht. Was ich sehe ist, dass ihr beide hier seid und damit ist eure und meine und Mertens Entscheidung ja wohl gefallen und alle eure Einwände, Bedenken und Zweifel, die interessieren jetzt hier keinen mehr. Aber von mir aus, wenn ihr wollt, geht jetzt noch, haut ab, schert euch zum Teufel, aber lasst mich mit euerm Gejaller in Ruhe."

Totschlagargument. Im wahrsten Sinne des Wortes. Anni mit Tränen auf der Wange. Natürlich würden sie nicht einfach abhauen. Ging ja auch um Merten und vielleicht auch um Tom. Konnten ja die Freunde nicht einfach im Stich lassen.

Anni war auf jeden Fall ziemlich kalt gestellt, dabei ging es ihr doch eigentlich nur um Laura und das Kind. Verzweifelt blickte sie zu ihrer Freundin.

„Ich bleibe", sagte Laura und schob Merten die fertig gedrehte Zigarette in den Mund. „Ich gehe auch mit hinauf, aber ich werde nicht springen."

„Leck mich!"

„Sina, ich bin schwanger!"

„Ja, und mir kommen gleich die Tränen." Sie hielt das Feuerzeug unter die Zigarette und hielt Merten die Nase zu. Merten schnappte zwar mit dem Mund kurz nach Luft, ließ die Ziggi aber dabei fallen. Zweiter Versuch, diesmal mit Zigarette festhalten. Merten atmete an der Fluppe vorbei. Dritter Versuch, mit Nase und Mund zuhalten, saugt Merten tatsächlich den Rauch ein und völlig reaktionslos wieder aus. Vierter und fünfter Versuch genauso, keine Reaktion. Wenigstens atme er noch, meinte Laura und wäre nicht alles so scheiße ernst, hätten sie sich wahrscheinlich über diese seltsame Szene totgelacht. Das übernahm dann Ringo, der sich von links den Frauen bei ihren Wiederbelebungsversuchen genähert hatte, die Begrüßung versaute und dann euphorisch seinen Freund Merten auf der Straße sitzend entdeckte.

„Der Typ ist echt der Hammer", meinte er, „schleppt hier drei Mädels an und verlässt das Spielfeld vor dem Anpfiff."

Böse Blicke. Ganz dünnes Eis. Da sind sich Laura, Anni und Sina sofort wieder einig. Zum Glück kam Tom keine zwei Minuten später und irgendwie waren alle froh, ihn zu sehen. Damit bekam die ganze Situation wieder etwas Geordnetes, oder besser etwas Übergeordnetes. Anni fiel Tom dann auch gleich überschwänglich um den Hals, wollte ihn fast erdrücken. Tom ließ es geschehen, war ja zu erwarten gewesen. Tatsächlich waren ihm mit jedem Meter, den er sich dem Maintower näherte, die Beine schwerer geworden, am liebsten wäre er allein geblieben und hätte keinen der Freunde wiedergesehen. Er begrüßte die anderen, als er den desolaten Merten auf dem Boden sitzen sah, keimte noch einmal der Wunsch auf, die ganze Situation könnte sich umstandslos von selbst auflösen. War aber nicht so. Sina pfiff auf den Grundsatz alle oder keiner. Das war ziemlich schnell klar, als sie sich an Ringo ranzeckte und ihn bat, sie könnten doch trotzdem auf den Tower gehen, sie habe sich so darauf gefreut und wenn Merten danach immer noch regungslos hier sitzen würde, könnten sie ihn ja auch später wegschaffen oder sogar den Rettungsdienst rufen. Anni, Laura und Tom wurde ganz übel, bei Sinas Gesäusel. Irgendwie begann jetzt das Sterben. Als Ringo sich darauf einließ, überkam sie die Panik.

Die Stufen kamen Tom wie die logische Fortsetzung seines Weges vor. Er stieg in monotonen Tritten diese letzten zweihundert Meter bis zum Gipfel, wie von einem Sog gezogen. Das waren nicht bloß Treppenstufen. Das waren Vorsprünge, jeder exakt gleich hoch, zwanzig Zentimeter, tausend Mal, minutenlang, nur hoch hoch hoch.

Nichts hatte Tom in den letzten Tagen aufgehalten. Nichts Menschliches ihn zur Umkehr bewogen. Und die unzähligen Stufen würden ihn jetzt auch nicht mehr bremsen können. Es waren die letzten Höhenmeter zum Wendepunkt und was blieb ihm anderes über, als tapfer einen Fuß über den nächsten zu setzen? Die letzte Entscheidung, soviel stand unumkehrbar fest, war an keinem anderen Ort als auf dem Dach dieses pervertierten Gebäudes zu bekommen. Erst wenn er ganz oben angekommen wäre, würde sich entscheiden, auf welche Weise er herunter käme. Es müsste sich sozusagen erst der Himmel in alle Richtungen auftun, damit Tom sich klar werden konnte, auf welche Seite er gehörte. Leben, wie ein Schädling, mit ständig schlechtem Gewissen und in einer unumkehrbaren Schuld, so sehr er sich auch um ein gerechtes Handeln bemühte. Oder Sterben und nichts weiter. Dem Irrsinn entfliehen und nicht mehr im Falschen leben. Was half es ihm noch über diese Entscheidung nachzudenken? Oben angekommen würde sie so oder so gefällt werden. Tom, der Kluge, der Zeitungsleser und Nachrichtenhörer, der Faktenkenner und Gradlinige, der Extreme und nicht Widerlegbare, er schwankte die Treppe hinauf und war bereit, diese letzte Entscheidung vollständig aus der

Hand zu geben. Er würde es dem Schicksal überlassen, ob er oben angekommen von dem beständigen, unheilvollen Sog weiter angezogen in die Tiefe gerissen werden würde oder ob fast schon einem Wunder folgend, der Strom ins Verderben abreißen würde. Kurz gesagt, Tom war schon ziemlich blöde und willenlos, als er den Wolkenkratzer hinauf stiefelte, wie so oft war er der Einzige, der noch so gar nicht entschieden war.

Anders als Sina, die beinah schwerelos die Treppen hinauflief und nur noch ein Ziel zu haben schien. Sie ging vorweg, blieb aber immer wieder stehen, um sicher zu stellen, dass die anderen auch nachkamen. Weder die körperliche Anstrengung, noch die bedrohliche Perspektive schien sie zu bremsen. Und wenn sie die Freunde drängte, „ausruhen könnt ihr euch gleich noch genug", dann klang das gleichermaßen zynisch wie unhintergehbar. Sina war dabei geschickt genug, es so aussehen zu lassen, als wäre das alles noch ein riesiger Spaß. Ringo sollte ja weiterhin im guten Glauben gelassen werden, auch wenn selbst diesem ziemlich knalltütigen Mertenersatz nicht entging, dass dieser Haufen aus Oldenburg, der sich Mertens Freunde nannte, mit seinen bunten Haaren, den schäbigen Klamotten und den klappernden Dosenverschlüssen an den Schnürsenkeln, aus einem anderen Grund den Blick über Frankfurt genießen wollte, als Merten es ihm, nach dem Motto drei Frauen, drei Männer, zugesichert hatte. Sinas böse Blicke, Annis Weinen, der stumme Tom und die ziemlich verkrampfte Laura waren nicht gerade eine Gesellschaft, mit der sich eine Kuh melken ließ. Die hatten ja nicht mal Bier dabei. Und Merten der alte Sack, lehnte unten gegen die Hausmauer und hatte sich vorher schon weggenagelt. Das alles konnte Ringo allerdings nicht davon abhalten, sich als Initiator und Macher eines höchst außergewöhnlichen Ereignisses zu präsentieren, und als solcher eine gewisse Attraktivität und Beliebtheit, insbesondere bei Laura, vorauszusetzen. Je höher sie stiegen, je dünner wurde die Luft, anders ließ sich das permanente Abflachen von Ringos Sprüchen, Komplimenten und Anmachen kaum erklären. Ausgerechnet Laura, die werdende Mutter, die gerade im Begriff war, ihre besten Freunde zu verlieren und nun wirklich ganz andere Sorgen hatte. Sie war aber auch klug genug, ihre Energie nicht darauf zu verschwenden, auf das hirnlose Gequatsche dieses möchtegern Frauenhelden einzugehen, sondern sich vielmehr darüber Gedanken zu machen, wie sie die bevorstehende Katastrophe verhindern konnte.

„Hast du ein Handy?"

„Willst du mir deine Nummer geben?"

„Ja, genau. Kann ich es mal eben haben?"

„Kommt ihr?"

„Sina, du bist nicht meine Mutter."

Jedenfalls gelang es Laura tatsächlich, einen Notruf bei der Polizei abzusetzen, eine Sprachnachricht, „Kommen sie schnell zum Maintower, das ist ein Notfall."

Ringo hielt das für einen ganz üblen Scherz: „Wie bist du den drauf? Du bist ja völlig irre!" Er schickte eine zweite Nachricht an die Polizeinummer. „Entschuldigung, sie sind gerade über mein Handy verarscht worden, alles OK am Maintower". Laura war kurz davor, die Wahrheit zu sagen. Stattdessen Ringo:

„Alter, du bist echt krass, aber du hast Glück, ich steh auf verrückte Frauen."

Was blieb Laura anderes übrig, als sich genervt abzuwenden?

Noch ein Wort zu Anni. Ja, Anni weinte wieder, fast den ganzen Aufstieg, seit Tom sie bei seiner Ankunft umarmt hatte, fest und ehrlich hatte sie durch die Kleidung seinen Körper an ihrem gespürt und sich wie eine aufplatzende Knospe gefühlt. Anni weinte vor Rührung, vor Glück, wenn man so will. Tom war wiedergekommen und er hatte sie nicht gemieden, im Gegenteil, seine Umarmung war herzlich und sein Kuss auf ihre Wange war zärtlich und weich. Da waren die Tränen in ihr aufgestiegen, nicht die verhassten und von Selbstzweifel versalzenen, sondern die schönen, die sanft und warm die Wangen hinunterkrochen und nicht bis auf den Boden fielen. Zähren, die sie streichelten. Unmöglich, auch nur fünf Minuten in die Zukunft zu denken. Zu Konkret war der Augenblick, zu stark die Gefühle. Für Anni war jede Stufe ein Genuss, ein Aufstieg aus dem Verlies, eine Leiter in die Wolken sozusagen, und nochmal ja, sie würde Tom folgen, egal was er tat. So weggeduselt wie Anni war, schien ihr die endlose Treppe nichts auszumachen, obwohl sie eigentlich extrem unsportlich war. Sie wurde irgendwie von höheren Mächten getragen, und diesmal war es Laura, die irgendwann Stopp rief, weil sie Wadenkrämpfe bekam.

Dann endlich stellte sich ihnen eine Tür in den Weg. Ringo hielt den Transponder an das Lesegerät und sie öffnete sich. Nachtluft schlug ihnen entgegen.

Man mochte diesen Ausblick über die erleuchtete Stadt aufregend oder sogar schön finden, oder kritisch wie Tom ein elektrifiziertes Krebsgeschwür darin sehen, was seinen Wirt durch sein stetiges Wachstum schlicht erdrückt. Wie auch immer, fasziniert waren sie allemal und während Laura, Anni und Tom noch vor Respekt, Ehrfurcht und Ekel über das Lichtermeer blickten, hielt sich Sina nicht mit solchen Sentimentalitäten auf, sondern ging gleich ins Handeln über. Nur um das richtig einsortieren zu können: Sina wurde nicht nur seit ihrem fünften Lebensjahr von Wohngruppe zu Wohngruppe gereicht, sondern auch von einem Karateverein zum nächsten, weil alle Pädagogen immer riesig begeistert waren, wenn sie davon erfuhren und Selbstverteidigung ja auch das Selbstbewusstsein förderte und schon deshalb unhinterfragt richtig und unbedingt zu fördern war. Sicher, das gehörte hier nicht her, erklärte aber ganz gut, wie Sina es schaffte, die wuchtige Statur des in völliger Selbstgefälligkeit auf dem Wolkenkratzerdach stehenden Ringos, kurzerhand außer Gefecht zu setzen. Sprich, ihn mit einem gezielten Handballen-Schlag zwischen die Augen in ein seliges K.O. zu befördern, ohne dass der auch nur im Geringsten damit gerechnet hätte. Es ging wirklich blitzschnell. Ein kurzer Schlag im Vorbeigehen und schon ging Ringo samt seiner plötzlich verstummten Chauvisprüche zu Boden, um auf unbestimmte Zeit mit dem Beton der Besucherterrasse zu kuscheln. Sina ließ den anderen gar keine Zeit, sich darüber aufzuregen.

„Komm, fass mit an!", nahm sie die Beine von Ringo und forderte Tom auf, die Arme zu nehmen.

„Was, was soll das?"

„Nimm die Arme, Tom!"

„Das kannst du nicht machen Sina!" Ihr Kopfnicken Richtung Dachkante löste bei Tom Entsetzen, bei Laura einen erneuten Panikschub und bei Anni einen weiteren Schwenk, diesmal in die zitternde Angst.

„Fass endlich diesen Scheiß - Typen mit an, wenn Merten schon nicht springt, dann nehmen wir eben ihn mit."

„Sina, nein!", schrie Laura auf.

Tom: „Das ist Mord, Sina!"

Anni wimmerte.

„Als ob euch das noch interessieren muss." Sinas drahtiger Körper war adrenalingetränkt, den wuchtigen Körper schaffte sie trotzdem kaum ein paar Meter zu ziehen, geschweige denn, ihn über die Brüstung zu hieven.

„Selbst wenn ich selbst gleich tot bin, meine letzte Handlung wird kein Mord sein."

Und dann verloren sie Sina gänzlich.

Sie ließ die Beine von Ringo fallen, schnappte sich den Rucksack und als käme sie zu spät zum Sportunterricht, kramte sie die Transparente heraus.

Suicidal Saturday, wir haben das ja doch mit."

Ihr entscheidet nicht über unsere Zukunft, warf sie über das Geländer. Genauso wie das Paket mit den Flugblättern.

„Was glotzt ihr so blöd?", schnauzte sie die konsternierten Freunde an.

„Sina! Was soll das?" Tom war der erste, der wieder Luft holte. „Sina, hör zu, es ist falsch, wir können das

Leben der anderen nicht verändern, indem wir unser Leben beenden."

Sina, einen kurzen Moment irritiert von Toms plötzlicher Ruhe. Schüttelte sie ab, legte sich das letzte Transparent, ein weißes Lacken, dass eigentlich Laura für das letzte Foto nehmen wollte, *Natur* hatte sie in schlichten aber schönen und schwarzen Buchstaben, mit Binderfarbe drauf gemalt.

Schwarz waren auch Sinas Augen, schwarz wie Kohlegruben.

„Sina", zitterte Anni Stimme jetzt, „wir dürfen das nicht tun." Da war es ausgesprochen, auch von Anni.

„Tolle Freunde", zischte Sina.

Anni ging auf die Knie und flehte sie an, fiel dann wieder panisch schreiend in sich zusammen. „Sina, das ist Wahnsinn, wir dürfen das nicht tun, sei doch vernünftig, Sina bitte, bitte, bitte.." Anni weinte, als wäre es das erste Mal in ihrem Leben. Während Sina einfach unbeirrt weitermachte, jetzt schon schweigend und mit der diabolischen Ruhe wie sonst ihre Mitmenschen die Umwelt zerstörten. Sie kletterte unter erneut panischem Aufschrei von Laura und Anni über das Sicherheitsgeländer. Tom versuchte ruhig zu bleiben, ging mit vorgestreckten Armen behutsam wie beim Eierlaufen auf Sina zu.

„Sina hör mir zu, Sina, sieh mich an Sina, rede mit mir."

Laura kramte in Ringos Tasche nach dem Handy.

„Handy, sag mir wo ist dein Handy", durchsuchte sie hektisch den stöhnenden Ringo.

„Ich wusste das ihr zu feige seid!", schrie Sina, eingewickelt in das Laken, vom Wind erfasst. „Ihr seid nichts

134

weiter als ein Haufen feiger Idioten, und keinen Deut besser als all die anderen verschissenen Umweltsäue, die wenigstens keine großen Worte machen aus ihrer Unfähigkeit!"

„Sina!", versuchte es Laura noch einmal. Das Handy war natürlich durch eine Mustereingabe geschützt.

Und dann, mit einem Paket Flugblättern in der Hand, wurde es plötzlich gespenstisch still auf dem Dach. Sekunden, wie bei einer von Annis Schnittwunden, bei der man auf das austretende Blut wartete und die Welt still stand. Da wo Sina eben noch stand, war nur noch ein leeres Wolkenkratzerdach im Frankfurter Nachthimmel. Sonst nichts weiter. Eine winzige Leerstelle vor einer riesigen Großstadt. Sie erwarteten einen Schrei, einen dumpfen Aufprall, doch nichts dergleichen geschah. Nur friedlicher Sternenhimmel.

Als Merten erwachte, war von dem Rausch nur ein pulsierender Schmerz hinter den Schläfen übrig geblieben. Er öffnete die Augen in einem Krankenhauszimmer. Sein Verband an der Hand war erneuert worden und er trug eine von diesen albernen Krankenhausschürzen, die nur am Hals zugebunden wurden wie ein falsch herum getragener Heldenumhang. Merten hatte nicht die geringste Ahnung, wo und in welchem Krankenhaus sie ihn gebracht hatten, es war ihm im Prinzip aber egal, denn selbst wenn er gewollt hätte, konnte er seinen Körper kaum einen Millimeter schmerzfrei bewegen und irgendwann würde schon jemand kommen, ihn aufklären. Überhaupt würde irgendwann alles wieder gut werden. Dann würden sie ihm sagen, wo die anderen waren, Tom, Anni, Sina und Laura, besonders Laura. „Bild dir bloß nichts darauf ein", hatte sie auf dem Rückweg vom Bach gesagt. Und: „Mit uns das wird niemals etwas werden, ich bin nämlich von jemand anderem schwanger." Merten fand das einen guten Witz und so selig wie er war, stapfte er wie ein naives Rehkitz an der Seite seiner Mutter durch den Wald und ging nicht weiter darauf ein.

Er könnte klingeln und nach einem Schmerzmittel verlangen, aber das war unnötig. Es würde ja ohnehin bald jemand kommen, um ihm Essen zu bringen oder um ihn zu untersuchen und dann spätestens könnte er ja fragen, wie es den anderen geht, ob sie auch mit Kopfschmerzen aus dem Albtraum erwacht sind. Sie würden noch einige Tage darüber lachen, auf dem Schulhof und im Alibaba würden sie auf sie zeigen, dass sind die mit der fundamental-kritischen Aktion. Und dann würde alles wieder normal werden. Merten konnte warten. Früher oder später würde sich die Tür zu seinem Krankenzimmer schon öffnen, der Schmerz war ja auch ein bisschen seine Strafe, bald wüsste er, was geschehen war, wo er sich befand und wo die anderen waren. Er müsste eben Geduld haben, das Schöne an den Schmerzen war, dass er nicht mal Lust auf Rauchen hatte. Er hätte allerdings auch nicht gewusst, wo sein Tabak, wo seine Klamotten überhaupt waren. Alles würde sich zum Guten wenden.

Sina, daran konnte er sich erinnern, an sie musste er denken, bevor er an der Alupfeife zog. Es kam ihm vor, als hätte er ihre Stimme gehört. Seltsames Gefühl und was für einen Scheiß ihm dieser Fuck-Dealer da verkauft hatte. Schon komisch, dass er im Krankenhaus lag, ganz schön viel Tamtam für einen vollgedröhnten Junkie. Doch egal. Er war hier und gleich würde ein Arzt kommen und ihm mitteilen, dass er gestern Nacht aber ganz schön übertrieben hätte und dass ihnen nichts anderes übrig geblieben wäre, als seine Eltern zu informieren. Na, viel Spaß.

Wo Tom wohl steckte? Wahrscheinlich wartete er irgendwo in diesem dämlichen Krankenhaus in einem Wartezimmer oder er ging mit Anni spazieren. Knutschend auf einer Parkbank. Tom hatte schon Recht. Die krasseste Form, die Welt zu verändern, war, sich selbst zu verändern. Der hatte ja echt diese Gabe, die Sachen so zu sagen, dass alle um ihn herum immer dachten, ja stimmt eigentlich, was der da sagt. Nur in einer Sache, da lag Tom definitiv falsch. Er behauptete nämlich ständig, dass es kein menschliches Leben gäbe, was der Na-

tur nicht schaden würde. Mit jedem Atemzug würden wir der Natur schaden, war ja einer von seinen Lieblingssprüchen, aber das war falsch. Der Mensch musste auch einen Nutzen haben, indem er atmet, sonst wäre er doch nicht Teil des Großen und Ganzen. Merten war sich da sicher. Es gab einen Nutzen für die Natur durch den Menschen. Er wusste zwar noch nicht welchen,...
Die Tür öffnete sich.

(Sommer 2019)

Zeitfracht Medien GmbH
Ferdinand-Jühlke-Straße 7
99095 Erfurt, Deutschland
produktsicherheit@kolibri360.de